詩集

世界のどこかで

永山絹枝
Nagayama Kinue

上

長崎・広島、シルクロード、
アジア、アフリカ編

コールサック社

世界のどこかで（上）

長崎・広島、シルクロード、
アジア、アフリカ編

目次

序詩

I章　世界のどこかで

Ⅱ章　隠れキリシタン

Ⅲ章　シルクロード・アジア・アフリカへ

序詩

ただひたすらに

人は　やすらぎの地を求めて
旅をつづける
ときに　雲の流れに　身をゆだね
　氷河のおつる音にも耳を澄ます
溢れくる生の鼓動は　吹雪のように
　空いっぱいに　舞い上がる

人は　夢と真理探究に向かって
旅をつづける
学びと連帯は　未来を切り開き

清き文化の礎となる
世のあらゆるものに　豊饒をあたえ
　微笑みのトンネルに導く

人は　大地を謳歌する
感謝の旅をつづける
歓喜の広場には　泉があふれ
　人々の周りには　花咲き香る
こんな世界が　戦禍のない世界が
　我らの　もとに

Ⅰ章　世界のどこかで

モニュメントバレー（アメリカ合衆国）

ギザの三大ピラミッド（エジプト）

ノーダラの子供たちと（ネパール）

Ⅰ章　世界のどこかで

世界のどこかで（その一）

平和への地下水を辿っていくとその一脈は
合衆国のホワイトハウスに辿り着く
その源泉である　ひとりの女性の顔
記憶の奥底から浮かび上がる
一記者の英知と報道のお陰で
二十年ぶりに新聞紙上で再会
手にした「丸い鳩の小石」が甦る

ノーモアヒロシマ！　ノーモアナガサキの
その一点さえ見つけることができなかった

何の憂いもない　青い瞳で
日本？　原爆？　八月六日？　八月九日？
ああ、これが勝利者の知らぬが花なのか

失望した私の前に
一人の移民女性の姿が飛び込んだ
ホワイトハウスの前の原爆パネル展

ピシオットさんはスペイン出身
風雪を乗り越え三十三年間も訴え続けたと言う
「このビラを手にとって下さい
　核兵器のことはあまり知られていないんです
　あなた次第なんです」

目の前の建物がホワイトハウスかと尋ねたとき

「ノー、ここは灰色のハウス」…
彼女は　確かにそう答えた

いま被爆者たちが語り部として渡米し
平和のマリア像も海を渡った
その直向《ひた》きな正義を讃えたい

何処からも逃げられない（その二）

アメリカの首都・ワシントン
街の通りをキュートに闊歩するレディたち
電車を運転する　逞しい黒人女性
どこのブラックホールに迷い込んだのだろう
ここは　黒人が守られる都市という

リンカーン記念館があり　そして戦没者墓地があった
世界のどこを歩いても　日本の加害の跡に出くわし
一瞬　時間が止まる
緑地と河川敷きに並ぶ　夥《おびただ》しい十字架

第二次世界大戦等で　亡くなった戦死者の墓地だ
真新しい花が　飾られていた
ここで自分は何をしているのか

特に苦渋を噛み締めたのは
マラッカ戦争記念館で目に飛び込んできた
刀を人民に向け振り下ろす鬼軍曹の写真
恐怖と恥ずかしさで　吐き気が込みあげ
居たたまれずに飛び出すと眩暈《めまい》に襲われた
屯《たむろ》する港湾労働者たちの蔑《さげす》む痛い視線
観光する気も萎えてマラッカを後にした

戻ったクアラルンプールにも闘魂の碑があり
銃を掲げ持つ兵士の群像に噴水が跳ねていた
マレーシア・シンガポールの戦死者約九万人

そして、まさかのオーストラリア
マッコーリー大学研修の合間に　シドニーから四時間
首都キャンベラに　地球の歩き方をもって出かけた
草原の中を　鹿が　走り廻っている
長閑な気分で　安宿を予約した
だが、
人工都市のように真新しい建物の一角に
日の丸の旗と突撃した戦闘機が陳列されていた

「建国以来他の国から攻められたのは
唯一　日本からだけ」と刻まれた平和の礎

捕虜の扱い方を知らない日本軍によって
強制労働させられた　との記録も…

太平洋戦争における戦死者数
オーストラリア　一万七七四四人
その証《あかし》とお詫びと友好を願って
新潟の直江津の平和記念公園
天女のモニュメントが
片方はユーカリの髪飾りで　片方は桜の髪飾りで…
地元の人たちの手によって　捧げられている

韓国釜山では　高名なお寺は　山の頂にあり
中国の瀋陽の九・一八歴史博物館に見る侵略の残忍さ
旅順の　二百三高地の激しかった戦闘の穴の数々

ウラジオストック・ハバロフスクには
ソ連に抑留された若者や父親達が
苔むす墓地に眠り

今やっと　辿り着いた慰霊団に抱かれた
兄の墓参を済ませた老いた妹
長かった過ぎし日々を懐古し
安堵の涙が　迸り続けた
…
世界中に数限りなく存在する
負の遺産
私達は　どう立ち向かい
次へとバトンすれば　いいのだろうか

ひろしまの火に託《たく》し（その三）

広島の平和記念公園には二度訪れていました
一度目は夏で　印象の焦点は「平和の灯」でした
世界中のどこかで
戦禍がある限り燃え続けるという火

冬に訪れたときは　雪で清められた平和記念公園でした
水を求めて亡くなった人たちも　被災の傷を癒やし
安らぎに身を浸しているのではないか
彷徨《ほうこう》する魂の　行方を案じたのです

そこで青空をバックに見たものが
『原爆の子の像』でした
女の子や男の子等が高く掲げた千羽鶴
願いの〝象徴〟なのでしょう
後《のち》に読書感想文の課題図書ともなりました
この本が　佐々木禎子さんの遺志を受け継いで
「へいわの火種」となりますように

今回は三度目　小雨でしたが　街路樹の桜は温かです
二日間にわたって　ゆっくり
直《じか》に　我足で踏みしめ　我眼《わがまなこ》で　刻み付けました

「原爆ドーム」の傷跡を　棒立ちになって見つめる
中南米も含む　外国の人の　揺るがぬ輪
放射される　非戦の眼差しと誓い

八月六日　八時十五分の　あの阿鼻叫喚の地獄絵
生きる　生きたい　生き抜きたいと願いながら
戦禍の渦に呑み込まれていった人々

たくさんの涙を汲み取った元安川は
安住《あんじゅう》の地を求めて今も
彷徨《さまよ》い流れつづけています

「昭和十九年秋」の点と線
――大村と有明海をつなぐ――　（その四）

私達の母校・西大村中学校に
昭和十九年生まれの同窓生が集まった

西大村中学校の前身は…
恩師が懸命にあの日の大村を伝えようとしてくれている
あの日は過去のものではない
沖縄からいま新たにアメリカの戦闘機が
この地に移されるかもしれない　黒雲の中だ

海軍航空廠の技術者養成のために全寮制だったのです

貧しい家の　食いぶち減らし
働きながら中学卒の資格がとれるという謳い文句で
若者が集まってきたのです

この話はどこかで聞いた　そうだ
黒人がイラクに派兵される時の誘い水
あの日は過去のものではない、油断大敵　隙あらば牙をむく

Ｂ29が　七十八機もやってきたのです
一、二機　来ただけでも…！　それが七十八機も！

高射砲の陣地が取り囲むようにしてあったのに
撃たなかった　届かなかったのです
海軍の航空廠のゼロ戦もあったのに飛ばなかった
時代遅れで…もうＢ29についていけなかったのです

入ってきたＢ29　体当たりするしかなかった
そのＢ29は　有明海に落ちた
つい一か月ほど前に石楠花忌で聞いた話
有明海を大海とみる　干潟の美しい処
紫大根の花が青空に映え、蝶が頻りにミツを集める地

石碑は証言する
＊「尾翼だけが海面に突っ立っていた／
トラックの上には　すでに／引揚げられた飛行士がころがしてあった／
どよめく群集に向かって　髪の毛をつかみ／
ぐいとあげられたその顔は　桜色の／少年のおもかげをもっていた／
はじめて鬼畜をみた／やすらかな　ねむりの姿勢だった／
その頬に消防団員の平手がとんだ」
＊木下和郎詩

ここ西大村中の運動場でもその機体の残骸を並べ
ちびた勝利の惨劇として野ざらしに
戦争高揚への見せしめか　狂気の果てか

青い空の先を　私たちにゆだねるように
老恩師は　ことばを終えた

体当たりでぶつかっていった日本兵よ
屍をさらした米兵よ
あなたたちの魂は今、愛しき人たちのもとに還り
じゅうぶんに抱かれ慈しまれているだろうか

有明海は深い懐からの想いを光に反映させながら、
沿岸にはホトケノザや紫ダイコンの花々を縁どらせ
そこには黒揚羽が舞っている

無窮洞《むきゅうどう》

――旧宮村国民学校地下教室――　（その五）

アッと驚いた　なんとすごい洞窟だろう
入り口こそ目立たぬように造ってあるものの
子供達の手で掘られた洞窟とは思えない
無窮洞は第二次世界大戦のさなか
宮村国民学校の教師と小学生たちが掘った
大な防空壕である

幅約五メートル　奥行き約二十メートル
生徒五百人が避難できた大きさ
四年生以上の男子がツルハシで堀り進み

女子生徒がノミで仕上げ、低学年が運んだ
朝礼ができる大広間には岩壁を黒板にした教卓
御真影部屋まで設けてあった

八月十五日　ぎりぎりまでの作業だった
人心を惑わせ怪力を出させる程に
戦況は逼迫していたのだろう

「二年間で子ども達だけで掘った防空壕ですよ
五、六年　中心に掘っとります
ハウステンボスがありますね
あそこは軍の基地だったんですよ
大村湾が見えますすね
ここに人間魚雷・学校があったんですよ
ベニヤ板で造った震洋艇ですから

ベニヤ板　ですよ！
ベニヤ張りのボートに
トラックのエンジンを積み込んだものですよ
米軍のグラマン機も
低飛行で飛んできてはダダダーとね」
ボランティアガイドさんの声が耳元で聞こえ
船首に爆弾を積み込み、敵艦めがけて体当たりする
若い水兵たちの亡霊が過《よ》ぎる

Ⅱ章　隠れキリシタン

ド・ロ神父像

宝亀（ほうき）教会

黒島天主堂

Ⅱ章　隠れキリシタン

扉

乾いた風が彼岸花と稲穂を揺らし
ヨシが葉ずれしてさやぐ
その時　黒いちいさな影が
青空の中を旋回するようにやってきた
それは大きな翅を持った銀蜻蛉《ぎんやんま》だった
蜻蛉は導くように石橋の草むらに着地し
翅を縦にたたんで瞑目するように…
アーチ状の石橋の奥内には　青炎の光が
土蛍みたいに　燦めいて踊っている

一八六五年の浦上四番崩れ
切っ掛けになった「信徒発見」
神父に信仰心を打ち明けた浦上の潜伏キリシタン
三千四百の村民全員が　遠く
津和野　萩　福山等に流される
わずかな荷物を手に　子どもの手をひいて
だれからともなく歌いだした

♪世のうさつらさ　あだのせめく
　いのちのかぎり　たえしのばん
　天にのぼり　神にまみゆる
　幸の日まで…♪
ハライソ（天国）の歌である。

七三年　彼らは希望を失わず故郷に戻ると

わずかな浄財《じょうざい》を出し合って再建したのが
浦上天主堂だった
しかし一九四五年に原爆が投下され
浦上では八五〇〇人以上の信者が犠牲となる

【その二】平戸の教会群

平戸の早福荘《はいふくそう》にいく途中に出逢った祈りの舘《やかた》
一つは、宝亀湾を見下ろす高台にある宝亀《ほうき》教会《きょうかい》
内壁の漆喰は住人が貝殻を集め
自分たちの手で造りあげた
外海や黒島からのレンガや木材は信徒たちが
教会の丘まで背負って運んだ絆《きずな》
二つ目は木ヶ津《きがつ》教会《きょうかい》
小ぶりでレンガ色と縁取る白が　個性的
キリストを抱くマリア様の姿が優しい

三つ目が紐差《ひもさ》教会《きょうかい》
平戸の信徒の約半数がここに所属
黒島教会との類似に驚かされる

陸の孤島を繋ぐ　命のトンネルには
「共に仲良く正しく生きて　信じていると
誰かがみまもり　認めてくれる
そして希望は叶えられた」とある

平戸の美しい海岸線
煌めく光に　白い漣《さざなみ》
遠い波面が日射しを受けて碧く　輝く
まさに平和で穏やか　そのものだが
根獅子の浜では七十余名のキリシタンが殉教
処刑に使われた石が三つ

きらりと　涙を光らせる
凪いだ海いちめんに光の連なり

【その二】田平《たびら》天主堂

くすんだ赤煉瓦のネオバロック様式
入り組んだ構造の美しい教会を目にして
思わず感嘆のため息をもらす
西洋の絵葉書にあるような教会だ
どこを見渡しても人影はない
あたりを飛び交う蜂の羽音が聞こえる

敷地の隣の高台には十字架の立ち並ぶ霊園
正面の白いマリア像
広々とした巨大な堂内は仄暗い

ひんやりした空気に満ちている
人を威圧するような荘厳さはなく
清潔な親しみやすさが醸される

大きな祭壇の上には
吹き抜けになった塔の部分が見える
幾枚もの青いステンドグラスから
夕暮れの光が淡く射しこんでいる

「今も隠れキリシタンが
ひっそりと暮らしているんだ
信教の自由が保証されてからもずっと
隠れキリシタンのまんま生きている
今となっては隠れることなんかなんにもないのに
もう教徒は別の宗教になっている

祈りのことは〝オラショ〟と言う
洗礼の仕方も、十字架の形も違う
土着の民族宗教みたいに…」

迫害されて弾圧されて
生きる道を探し
陽のある方へ　陽のある方へ

【その三】殉教と隠れキリシタン

日本のキリシタンの歴史は
一五四九年のフランシスコ・ザビエルによる
彼は平戸を訪れ　平戸藩主・松浦隆信は
ポルトガル貿易への期待で布教を許す
生月島では領主が入信し領民の多くが信者に

その後　禁教に転じ
ガスパルの殉教、中江の島の殉教など続く
信徒たちは　隠れキリシタンとなり
ジュワンら　三八人を偲んで歌う

「此の春わなあー
　桜な花かや散るじるやなあー
　また来る春わな　つぼむ開くる
　花であるぞやなあー」　（サンジュワン様のお歌）*
この現世の春では櫻の花のように
赤い血潮を流して散ってしまう（殉教する）けれど、
また必ず信仰の花は開いていく

生月島の山田の南海岸の切り立った断崖の祠
暖竹《だんちく》の茂みの中に
弥市兵衛とその妻マリアそして子供のジュリアンの三人
幕府の弾圧を逃れて隠れ住んでいた
ある時　子供の遊んでいる姿を　見張役に見つかり
捕らえられて命を奪われてしまう
「いまはなあ涙の先（谷）なるやなあ」

「パライゾの寺とは申するやなあ
広いな狭いは　わが胸にあるぞやな」……
「パライゾの寺（天国）、
その天国に入る門が広いか狭いかは
ただわが身の信仰によるものやなあ」
もはや島民は
時の権力者に振り回されたりはしない
我が身の信仰により　切り拓く

【その四】 黒島天主堂

隠れキリシタンの島　佐世保市黒島
禁教令に遭い迫害を逃れて五島列島へ逃避行中
根尽きたところが　黒島だった

断崖展望所から　見える
銅板の九十九島に立つ白波
水があり、魚が取れ、アコウの樹木が茂っていた
島のあちこちに　アザミの花が広がる
昼は寺の檀家として　夜はオラショを唱え
信仰を守り抜いた人々

一八六五年信徒発見から二か月後
大浦天主堂が建立された事を知った島人二十名
大浦天主堂へはせ参じ
信仰告白を　　そのひたむきさが目に浮かぶ
一八七八年にペルー神父等による木造の教会が建立され
本格的な煉瓦造りの教会はマルマン神父らを中心として
信徒らの奉仕により、現在の聖堂が出来上がる

私の新任地は五島の樺島・僻地三級地だった
友は五島からチャーターボートを借りて
当時五級地だった　ここ蕨《わらび》島に通っていた

今年二〇一八年　黒島小中学校には
一名の男の子と三名の中学生が入学

十八名のはまゆう学園である
黒島天主堂でお会いした女の先生は
マリア様のように清楚なお方
ガイドの話を熱心にメモされていた

共同墓地は島の中心舞台
アザミの花を裳裾にして　立派なお墓群が並ぶ
この天国への広場で　お祭りが行われる

【その五】流刑地・津和野

――浦上四番崩れ――

高く青く澄んだ空には羊雲　ゆるやかに流れいく
山に囲まれた盆地で　小京都といわれる津和野
疏水《そすい》が　音もなく流れ　紙すきの音
と共に聞こえてくる歌
♪「あの山あの野辺あの川越えて　空の向こうに何がある
　きっとしあわせ待っています　あなたの苦しいその道行は
　あなたをためす試練です　天に輝く十字のしるし
　微笑む女神はマリアさま　両手を合わせてお祈りすれば
　きっとしあわせ運びます」♬
津和野…

今西祐行《いまにしすけゆき》の著書にキリシタン迫害の記述があった
「浦上の旅人たち」「島原の絵師」「遥かなりローマ」
遠藤周作「女の一生」にも「浦上四番崩れ」のできごとが…

潜伏キリシタンが信仰を告白した「信徒発見」
最後の弾圧事件となる「浦上四番崩れ」
津和野に流され三尺牢に
飢えと拷問の日々、　飴と鞭の地獄への責め苦
鬼気《きき》迫る疼《うず》きと呻《うめ》き

幼児は　ひもじさを訴えて泣く
母は身を切られ　ただもらい泣きするばかり
くみ取りに来た農民がセミを取って柵の外から与えた
幼児らはそれをバリバリと食う
「汚濁の中の食べ物さえ口にせざるをえなかった」

安太郎という若者は裸のまま雪の中の三尺牢に
「私は少しも寂しゅうはありません
毎夜九ツ時（十二時）から夜明けまで
きれいな聖マリア様のような面影のご婦人が
頭の上に顕れてくださいます。
とてもよい話をして慰めてくださるのです」と…

乙女峠マリア聖堂の周りには水仙が咲く

【その六】郡崩《こおりくず》れ

わたしの故郷・長崎県大村市
種々の殉教の史跡が点在する
中学の同窓会で巡った　負の遺跡
胴塚、首塚、鈴田牢跡、妻子別れの石
恩師は真の眼で説明してくれる

一六五七年十月十一日の告発
「矢次の村に六兵衛という、十二、三歳の
　天草四郎にも勝る少年がいる…」
実に大村藩を仰天させ

六三〇人のキリスト教徒の処刑者を出す
まさに血も凍る思い
信者は大村、平戸、島原、長崎、佐賀に流され
西坂刑場にては一二三人が斬首された

囚人たちの最後の日
大村の放虎原では男女別に四列に座らされ
流れ出た血は　海を赤く染めたという
　生き戻りを恐れ　胴と首は　別々に
こうして「郡崩れ」は終わった

時の政府の言い成り
キリシタン大名になったり　偏向したり
中心地には　加藤清正が建立した本教寺が居座る
市内は網の目の如く

月一度の十二日様（お題目）で絡《から》めとられた

しかし「主は神なり！」と
日曜ごとに教会に出かけ楚々と片隅で暮らす彼らは
差別の白眼《しろまなこ》で見られ　境界線を引かれても
凛として　矜持を持ちつづける

【その七】平戸島に恋う

走れ走れ　ポエムの世界へ
走れ　走れ　仲間の元へ
軽自動車は　平戸の最西端をめざし走り続ける
長い山道をぬけると
そこには一面に稲穂がそよぎ　彼岸花が映える
ながさき詩人会議の初会合を祝うように

途中には　隠れ信者によって密かに信仰が続けられてきた
三つの教会群が　静かな佇まいを見せる
島でも最大の規模を誇る紐差教会

平戸のキリスト教信徒のうち約半数が
ここに属しているという
神々しさに癒やされる

入り組んだ平戸の海岸線
そのなだらかな　陸が途切れた彼方には
煌めく光の漣　どこまでも蒼に広がっている

根獅子の浜
ここは七十余名のキリシタンが殉教した
処刑に使われた石が三つ　首塚のようだ
今は美しい砂浜が続く静まりかえった入江に姿を変え
凪いだ海いちめんに光がたわむれ
世はことのないように見える
殉教の歴史を　水平線の波方に霞ませる

夕陽で茜色に染まる前に
「陸の孤島」と呼ばれた椿荘へ到着
わずか六〇件のお年寄りが多い港町
朝日の昇るを待ちつつ魚の一本釣り漁が始まる
私たちは新たに会員となった若女将を交えての合評会
明日へと拓き　繋ぐ

シルクロードのオアシス付近

Ⅲ章　シルクロード・アジア・アフリカへ

オアシスを目指して

新疆ウイグル自治区の子供たち

Ⅲ章　シルクロード・アジア・アフリカへ

シルクロードの旅

【一、絹の道を辿る】

シルクロードは聞きしに勝る　遠きところ
わが友から聞いていた　それは大変だった
降参した旅だったと
時は経った　世の中は拓けたはず
三蔵法師が仏典を求めて旅したルート
孫悟空ではないが　いざいかん　ひとっ飛び
そう　我いま、シルクロードの起点西安に立つ
かつて長安と呼ばれ千年以上も栄華を極めた

東西南北の門と城壁に囲まれたこの街
十字路から見晴るかし　西域を望む
駱駝が四頭　寄り添う商人の隊列像
さあ行こう　未知なる地へ
ところがなんと　魔法にかかったか
砂塵を浴びて安堵の帰路に立ち寄ると
西安の東方では　花とロマンでお出迎え
唐の玄宗が温泉を造営した華清池《かせいち》
春寒くして浴を賜う　華清池
温泉の水滑らかにして擬脂を洗う華清池
白居易が歌った「長恨歌」
西太后が北京を逃げ出してきた有楽地

【二、 兵馬俑《へいばよう》と聖水祭壇】

兵馬俑とは殉死者の代わりに埋葬された人形
時の権力者　秦の始皇帝陵を守る
北京まで敷き詰めた万里の長城が甦る
山の峰々を龍の背のようにうねりながら続く長城
一里ごとに一人の人柱を埋めたと言われる
整列する地下軍団の兵士たちは眼球猛々しく
いまにも襲いかかって来るかのようだ
背筋に冷汗かきながら　たどり着いた「天地」
砂漠の中を歩く旅人にとって
天から恵まれた命の水のように尊い
一口飲むと　若返り、もう一口で幼児になった
旅人の逸話を想いながら雪を頂く霊山を崇める
「聖水祭壇」大きく平らな岩板に刻まれている

先住民族　朝鮮族の地　神聖な場所と崇め奉って来た
それが中国政府の一声で観光地化へ
聖なす町　黒服や迷彩服が民を威圧する
いまや街路には　ナンを売る店などが立ち並ぶ
かつて大学で中国の留学生のチューターをした
中国と言っても地域で文化も言葉も違う
漢民族がちょっと卑下する朝鮮族の学生
彼等は自力で必死にのぼりあがる
破裂語の火花とともに甦る

【三、ロバの幌馬車をひく】

「千円！　せんえん！　五〇元！」
陽気に話しかけてくるタクラマカン砂漠の少年
父親は　ロバに幌馬車を引かせ、少年は客引きだ
ロバと少年と父親　愛嬌に誘われた
「ソグド人は生まれたばかりの子供に
　にかわを持たせ口には蜜をくわえさせ
　銭を握るときは　にかわのごとくへばりつき
口には甘言をろうするように」願ったとか
よっしゃー　その手に乗ろう　轡《くつわ》を握ろう
旅の途上には陽気さが　うれしい
ロバ車に乗り込んだ
屋根はテントの幌馬車だ
好奇心が湧いた

ロバよ　私と一緒に　ロバ屋をしよう
なんと可愛い　ロバは頭を下げて頷《うなづ》いた
主《あるじ》も同じく頷いた
お客は　勿《もち》タクラマカン砂漠の少年と父親だ
いま私は　砂漠の中で幌馬車を引いている
新疆《しんきょう》ウイグル自治区にて　ロバ車を引いている
「千円！　せんえん！　五〇元！」
旅は道連れ　世は情け
これがあるから旅は楽しい

【四、火焰山《かえんざん》とベゼクリク千仏洞《せんぶつどう》】

―タクラマカンの砂を手にとり拝みて
　若き日の夢果たし終わりぬ―　（井上　靖）
隊商の列ならぬ　バスの窓からは
行けども行けども　両側には何も見えない
「入ると出られない」という　タクラマカン
途上でシルクロードの要の一つ　火焰山に出遭う
小説「西遊記」では　山全体が燃え盛り
天竺《てんじく》を目指す三蔵法師一行を阻んだ

火焰山の中を下りたつ
ひとり　ぽつんと
地上に取り残された少女
どこから来たのか　何を見つめているのか

凛として　ひとり
火焔山のなかに佇んでいる
ハイキョノナカニ　タッテイルヨウナ

火焔山中から川沿いの道を登るとベゼクリク千仏洞
元は高昌《こうしょう》国王の別荘で河を望む断崖に掘られている
ウイグル王国時代に石窟寺院に改造され
後にイスラム教徒との戦いに敗れ廃墟になった
さむざむと剝ぎ取られている石窟の壁画
灰色の瞳に映る山肌

【五、葡萄農家トルファン】

国破れて山河あり　兵《つわもの》どもが夢の跡
ああ　ここが玄奘（三蔵法師）が刻んだ場所か
トルファン盆地には　むかし高昌《こうしょう》という国があった
火焰山　高昌国といった「西遊記」の舞台には
いまや葡萄農家がさかんである

おお　砂漠の街にも清冽な天山山脈の　雪解け水
人情と信仰をのせて走る　カレーズ
むかしむかし　日本に於いても　水の流れは命の流れ
母の実家の川棚にも自家用のため池と流れがあって
闇濁酒《どぶろく》がつくられていた
カレーズの清らかさに惹かれ農家を巡る
ブドウの棚田は　日除けのトンネル

ナンを焼く窯　アラジンの壺
一軒の干しブドウ農家での一膳の昼食
祖母の家に来た気分で販売の手伝い

涼しい木の下では民族楽器を奏《かな》でる男たち
誘われ　歌って　踊って　手拍子とって
夜は魅惑的なベリーダンスに悩殺されながら
シシカバブーに舌包み

【六、高昌古城《こじょう》】

神谷　毅

ここは新彊《しんきょう》吐魯番《トルファン》
海抜マイナス一五四メートル
外気温四二度の交河《こうが》古城《こじょう》
小高い丘に土くれ残り
高昌《こうしょう》古城《こじょう》の遺構が蒼天に建つ
悟空が空を飛び白馬の玄奘三蔵《げんじょうさんぞう》が
天竺《てんじく》へ歩んだ紅砂岩の地獄の露呈
陽は容赦なく照りつけ
身も心も乾燥させる
遥か蒼天に固する天山《てんざん》山脈の
雪解け水がカレーズを伝わって流れる

ベゼクリク千仏洞《せんぶつどう》の石窟

仏教の壁画砂礫の中に
無の世界が広がり
祈りの空間が人々を支配する
（神谷毅詩集『炎の大地』「残波岬《ざんぱみさき》より大陸を思う」五連六連を引用）

＊備考
沖縄の神谷毅氏より詩集『炎の大地』の贈呈をうけた。
彼も江口季好氏の児童詩教育を敬愛する一人だ。
詩集の中に旅の詩が数篇掲載されていた。
「高昌古城《こじょう》」、彼の詩を奉った。

ベトナム旅情（二〇〇四年）

二〇〇四年に旅して
シン・チャオ　カム・オン
こんにちは　ありがとう
鮮やかな黄色が浮き彫りになる　アオザイ姿の
スチュワーデスさんに見とれて六時間
スコールの出迎えで　大きな傘を広げられて
ベトナムハノイ空港に走り込んだ　とたん
時代を遡ったカルチャーショック
うぉ～、ベトナム

側道では　自転車が薄暗の中をスイスイと
トッカントッカン
人海戦術で　裸電球を付けての道路工事
道の両脇には、青白い電球に照らされたビアホール
風呂場の椅子のようなプラスチックに腰掛けて
薄闇の埃の中で　一杯のビールで疲れを癒やす

何故だろう
真新しいコンクリート社会の人の流れより
ごった返す熱気の暮らしに　愛着を感じるのは
シン・チャオ　カム・オン
こんばんは　ありがとう
野菜を洗い　洗濯し　水を汲む　女たちの向こう
今日を限りのように　真っ赤な夕陽が河に落ちる

ベトナムは一九七六年の南北統一以来　社会主義国
国旗の赤は　革命や戦争で流された血を表し
黄色の星は　国民の団結を表す
熱気と混沌と　アジアという運命の中で
モンキーバナナと　ドラゴンフルーツが映え
フォーが　懐かしい美味なる国
シン・チャオ　カム・オン
シン・チャオ　カム・オン

ハロン湾に蟻のように集まる　ザボン売り
物を乞うように差し伸べられたボートには
ハンモックに可愛い赤ん坊が　すやすやと
傍らではベトナムの若い夫が見守る
ささやかな愛の営み
天秤棒を担いだ女の後ろ姿を見るだけで

ずっとここに居たような錯覚にとらわれる
一台のバイクの　夫婦の間には子どもが挟まり
時には　ガラス窓も運ばれていく
にわとりを五六羽積んで　露天市場等へ

歌声は聞こえくる　　♪
　　　　♪
「私の村は貧しかった
子だくさんで耕地はなく食べ物もなく病気ばかり
戦車の蔭で　ふるえながら
学校に行って勉強もできず　明日もなく
幸せは　いっときとして　やって来なかった
こんな生活　止めようね
子は少なく産んで　大事に育て
みんなで幸せになろうよ

国も地球も一緒になって！」　♪

ベトナム戦争に　枯れ葉剤散布被害者
二重体児であったベト君、ドク君
「人民の暮らしの中で
　ただひとすじの願いは、人民の幸せです。」
穏やかな笑顔の中で信念が光る　ホーおじさん

シン・チャオ　カム・オン
こんにちは　ありがとう
シン・チャオ　カム・オン
こんばんは　ありがとう
シン・チャオ　カム・オン
シン・チャオ　カム・オン

トルコの風に吹かれて（二〇〇五年）

アクロポリスの大劇場

カッパドキアにて

イスタンブールのブルーモスク

トルコの風に吹かれて（二〇〇五年）

二〇〇一年のアメリカ同時多発テロ事件以降
イスラム恐怖症が巷に広がっていた
報道写真家石川文洋氏の「人生は感動を重ねることが大切
年齢関係なく夢は希望でもある」の言葉に乗せられて
いま私は　イスタンブールのブルーモスクの
光の輪のなかで　微かに聞こえる声に耳傾ける

五木寛之は問うた
「きみはボスホラスの海を見たか」
訪れたいと念じてきた海峡は
いま目の前

カモメが飛び　航路が光る

ボスポラス海峡クルーズ

ホーレ　ホーレ　船上から手を振ると
沿岸で憩う種々の民族の手旗が
万国旗のように
ホーレ　ホレと翻《ひるがえ》る
トプカプ宮殿のハーレムには鍵がかかり
アヤ・ソフィア聖堂は尖塔が屹立するのみ
赤い瓦をのみ込むように緑がおしよせる街並み
　二つの大陸の懸け橋・イスタンブール
貫く海峡　コバルトブルーの水の色
船首は　ゆったり　ゆっくりと進み

かもめの一軍が　　追いかける
ホーレ　ホーレ
輪となって連《つら》なった

イズミール

「メルハバ！（こんにちは）」
トロイの遺跡が　木馬のレプリカで突然現れた
トロイ軍とギリシャ軍の戦いで
陥落できないトロイを破るため
巨大な木馬の中に兵を隠し火を放った
一シーンが甦る
　木馬伝説を信じ発掘したのは
ドイツ人・シュリーマン

手にした宝庫は愛する妻に捧げたという

文明の発祥

エーゲ海沿いを南下すると
そこはペルガモン遺跡
ローマ時代すでに医療施設が整い
精神科の治療まで施術されていた

有名なのが　エフェソス・図書館遺跡
紀元前一二九年、ペルガモンはローマの支配下に入る
アントニウスはエジプトの女王クレオパトラに
ペルガモン図書館の蔵書を贈ったそうだ

丘の上のアクロポリスの大劇場
ローマのコロッセオがダブって見えてくる
旅友のWさんと　メヴラーナ旋舞の儀式のように
トランス状態になりながら
手を上げ舞いつづけた

石灰岩の景観

夕なずむ景色のなかでパムッカレと対峙
パムッカレとは、トルコ語で〈綿の城〉
石灰の白とライトブルーの温泉の色のコントラスト
夕日に映えると白い棚田がオレンジ色に染まる
石灰棚の温湯地
産湯に浸かるように身をおく幸せ

希望の地

天井の棚田
生き返らんと大地から唸《うな》りを上げる
ギリシア神話の神々が降りたもうたか
何を見つめていたのだろう
辿り着いた褐色の大地に立って
一吹きの冷気では谷底におち
もう一吹きの温風では　蒼い海原に漂う

見晴るかす薄日色の夕陽を浴びて
何を願っていたのだろう
歳月かけて　日々の糧を得る棚田を造形した

日の出を拝み　夕陽に頭を垂れながら
一筋の金色の矢を放つ

そこに導いたものは何か
痩せた荒地が　ひと鍬一鍬　息吹をふき還す
手と手の結晶のひと滴で
土の香を取り戻し　清き泉が溢れ出す

民びとは蘖《ひこばえ》という希望の地を
両手にそっと包み込んで屹立す
山々の稜線が薄桃色に染まる
脈々と続かんとする生命の雄叫び
竈煙る　つましい暮らし
また日が昇る

コンヤ

イスラム教の黒いベールに濃《こ》く包まれた
町を歩くと　全身を黒で覆《おお》った女性に出会う
夜明けのコーランの大音量
ここはコンヤ
イスラム神秘主義のメヴラーマ教団が興った地
トルコで最もイスラムの影響の強い町
カーテンの隙間から　そっと半月の赤い月を拝む
宗教は…自己対話？
それとも　支配者の揺るぎない包囲網？

だが嬉しいかな
トルコの少年少女と出会った
踊る宗教と言われる　メヴラーナ博物館を訪れていた

日本の教師だ名乗ると、引率者が
子どもを呼び戻して「ジャポネ…。」と紹介
「トルキーが好き、ラブか。
　いつかは日本に行きたい」と目を輝かす
一緒に写真に収まった
イスラム教徒であろうとなかろうと
二〇〇一年アメリカ同時多発テロ事件以降
恐怖と偏見が世界を汚染化している今だから
温めたい友好の場だ
陽に焼けた健康そうな笑顔！
トルキーが好き！　ラブよ！

大男で強面《こわもて》に見えるトルコ人だが
一般に日本人が好きという
一八九〇年に日本の民人が遭難船を救助した返礼に

福島震災ではいち早く　友愛の募金が届けられた
ジャパンの何処から来たのかの質問に
「キュウシュウ」というより「ナガサキ」に納得の顔
隣接するアラブ諸国のオマーンの地でも
露店のお兄さんから
「ナガサキ　アトミック　ボム（原爆）」と声掛けられた

街角で見る　子を抱く若夫婦の健康そうな笑顔
家族連れの慈しむ微笑《ほほえ》み
みな同胞《はらから》なのだ
異教徒としていがみ合う理不尽さ
コーランの祈りは　きょうも響き渡る

カッパドキアの驚異

おお！　こんな世界は見たことない！
大地からニョキニョキと生える奇岩の林立
雪が積もったような白い谷
異郷の世界が広がる！
煙突の上にベレー帽を載せた茸塔《きのこタワー》
ピンクや白褐色の岩層
虫食いのような穴々
そこはキリスト教の修道士達の住まい
迫害を恐れた彼らは　ここを潜伏地に選び
地下都市を造りフレスコ画を遺《のこ》した

サフランボル

大雪に見舞われた

運転手のギュッセルさんは　動じない
渋滞した中でも　悠然と
タイヤにチェーンを着々と装備させる

安堵の昼食会
座を囲みながらの歌会だ

◇谷わたる　祈りのさそい　サフランボル（高田さん）

◇古都の道　コーランの響き　たたづめり（重富さん）

◇旅途中　夢幻か　雪化粧
アンカラへ　いそぐバス路に　月は上　心残して　夕日落つ
丘に響くコーランの呼び声　ゆく旅の幸おもう（永山）

【作家の書籍紹介】

平山郁夫　『西から東にかけて』（中公文庫）

イスタンブール

イスタンブールには有名なブルーモスクがある。普通イスラム寺院の尖塔は四本構成なのに、この寺院の場合は六本ある。これはもともとキリスト教の教会だった建物を改造、転用した結果である。

カッパドキア

トルコの中央部、首都アンカラの南東に、カッパドキアとよばれるところがある。高原地帯に位置し、万年雪をいただく山々から流れ出た川が、いくつもの谷を刻み、雨風にさらされて円錐形に浸食された岩山が延々と続く、一大奇観の地である。

ネパールの微笑（二〇〇六年）

ネパールの山岳地帯

バドガオンの共同ポンプ場（バクタプル）

バドガオンの働く子供たち（バクタプル）

ネパールの微笑（二〇〇六年）

ネパールの祈りと混濁　二〇〇六年　（その1）

取り囲むヒマラヤの山々は神秘的
だが首都カトマンズは
蟻の巣を掘り起こしたように露店の店で溢れる
色とりどりのサリーが暖簾のように翻る前を
痩せた牛が　のんびりと　のし歩く
最初に覚えた言葉は　「ナマステ」
額に赤い印（「ティカ」）をつけ　微笑みの挨拶を交える
角々にはヒンズーの女神と男神の神が鎮座し

人々はバター燈明を上げてひたすら祈る

原色のサリーは魔法のマント
働く女性から苦労と貧しさを隠す
女の一日は共同ポンプ場での水汲みから
アラジンの魔法函を肩に載せ…時には、遠い山まで薪を拾い…
あでやかな衣裳とは裏腹に　過酷な実情が滲み出る
子供達も働き者　水くみや　背負い籠　焼物作りの手伝い…
肌色は黒く　髪の毛はパサパサで素足
鼻水のあとが白く光るが　黙々と働くその手は確か
笑顔と瞳が　活き活きと跳ね　未来を透しする

筆リンドウの広がる山道で
幼い弟を抱きかかえた少女と出会った
くたびれた衣服を纏いながらも

瞳はヒマラヤの空のように逞しく気高い
そんな村の一つで夜の補習授業が開かれる
村に住む年上の若者たちが低学年の子どもたちに
ネパール語の「あいうえお」を教える

一日五ドルでポーターになってくれた青年
ヒマラヤの麓で　円陣を組んで歌い踊った
ボランティアから学んだという片言の日本語
一ヶ月千ルピーで学校へ行って
将来ガイドになるんだと　夢語る
樹上のヒマラヤ石楠花の紅が　ほほほほと揺れた

ネパールの微笑と闇　（その2）

青く高く澄みきった　ヒマラヤの麓・ノーダラで
小さなちいさな筆リンドウが地面を這っていた
生きることの厳しさと尊さ
お釈迦様の生誕の地　大きい菩提樹
夏に淡い黄色の小花が咲き、香ばしく香る

浅黒い肌に着古しの汚濁しみこんだ衣服
だが何と生き生きとした　命燃える瞳だろう
栗鼠のように素足で野山を走り
太陽と共に目覚め　ロバの糞を干す
共同ポンプ場に水汲みに行く女の子
皿山の焼き物を辺り一面に広げ　無心に働く男の子

ポカラのホテル周辺を散策しとき
目にしたのはテントを張った粗末な露店の一群
すぐに子どもたちが寄ってきた
土埃に揉まれるながらも如才なく語りかけ　手を繋《つな》ぐ
「日本から来たの？　メンバーは何人か？
日本の歌を知っている？」
と頭《かしら》の女の子　　え、なに?!　驚く間もなく
徒党を組んだ子等の声が連打してくる
「甘い物をもっている？　チョコレートは持っている？」
「自分の店はあそこ」とつないだ手を持って指さす

貧しいかな　哀しいかな　逞しいかな
生き抜くための　観光客への勧誘とおねだり
そこへ　ホテルの門兵が
野犬を追い払うように　シーシーと

蜘蛛の巣を散らすように彼等は逃げ帰った

愛らしくも握ってもらった手を　石鹸で流すとき
拭い去れないものは、不条理な社会システムの残骸
ビューティフルビュー

山岳ネパール（その3）

ナガルコットからの太陽
朝日が昇っていく場面と　沈む瞬間の美しさ
ヒマラヤでは　太陽はゆっくりと動き
ひっそりと山の後ろに隠れる
あたりすべてが虹色に包まれ　はっと息を呑む
瞬間　夕陽は　するりと海に落ちていった

カトマンズから曲がりくねった道を東へ三五キロ
海抜二千メートルほどの尾根の村は
ヒマラヤの展望台ナガルコット
集落というのは、水場の近い谷に作るが　ここ尾根
モンスーンやヒマラヤの雪解け水で川の水量が変わるから
麓にかけて斜面いっぱいに階段状耕地が広がり

雲母岩のような扁平石段を飛び跳ね下降しながら
鋤を引く牛の姿を見る

五千八〇〇メートル級の山々アンナプルナ・ダウラギリ
その頂きからの朝日を拝む
陽光を受けて虹色に輝く　その神秘さ
マチャプチャレの眺めの素晴らしさ

トレッキングの終着点で
ネパール六回経験者の登山愛好家が
ラジカセを持ってきて鳴らし始めた
囲炉裏を囲むように　仲間は集まり広がり
歌い踊った「四季の歌」「山男の歌」
ポーター達の返礼は　地元ネパールの民謡
手拍子でホーイホイホイ　ホーイホイ

共鳴は山々に木霊し
この友好の輪を　ヒマラヤの山々が眺めていた

夜　ナガルコットからの夕日

ネパールの神々・クマリの舘《やかた》（その4）

国内治安が不安定で　武装兵が町のあちこちに潜伏
一九八八年にカトマンズ近郊のある町で
祭りをきっかけに大規模な民主化運動が起きた
反体制運動家に対する政府の大規模な手入れがあり
一八〇人近い逮捕者を出したという
バスの中から　銃を持って潜んでいる兵を見つめる
「グルカ兵」として外貨獲得のために送り出し
少女売春も　ここの出が多いと言う

自分の力の及ばない部分を人々は
「力のあるさまざまな神仏」に委ねる
「正直であれ　勤勉であれ
　家族を大事にしろ、感謝の心を忘れるな」

それらは説く
「まっとうにいきてりゃ　いいことあるさ」
楽観主義に生きざるを得ない

生き神　処女神　クマリの舘
ネパールの由緒ある家柄の　よい運勢を持つ女の子
親兄弟から離されて、神様として祀られている
インドラジャトラの祭りでは国王をも跪かせるが
初潮を見ると　家に戻され一生結婚できなかったという
下から　茶色い風格ある建物の二階を仰ぎ見て待つ観光客
窓からやっと顔を見せてくれた

生き神は　クマリだけでなく
ヒマラヤの上の方に行けば　ラマ教の生き仏がいる
一つの村にバラモンと坊さんがいて

その上にジャンクリなんていう呪術師までいる
しかし震度七・八で崩れ落ちた寺の堂塔は未だそのまま
ブータン難民も押し寄せているという
生き神　活仏　巫女の類よ
生々しい傷跡・困難の早急な復興・解決を急ごう！

カンボジアの旅
（二〇〇七年）

アンコールワットの彫刻

メコン川にて

砂糖椰子を煮詰めて庭先で売る

カンボジアの旅（二〇〇七年）

【一、トンレ・サップ湖の虹】

天は誰の手も煩わせずに
みごとな橋を
空に　架けます
ひとふで描きのタッチで
褐色に流れるメコン川を跨いで
水上生活をする人々の頭上までにも

ぎーこぎーこ　ザボンはいりませんか
小船から哀れみの目で両手を差し伸べます
僕の売り上げが今日の命を支えます

また　ひとつ
小さな子どものたましいが
コレラに罹って虹の橋を渡っていきました

浅黒い肌と素足はバンビのように
目はくりくりと子栗鼠のように
虹の燦めきが　瞳と呼応した……
学校へ行けない子たちですが
椰子の木の下では　何と楽しそうに
一冊の本を囲んでいることでしょう

大地から育まれた命の発露
それだけで私の仕事は　じゅうぶん
というように虹の橋は
微笑みの中で消えていきました

【二、戦禍に】

カンボジアの国旗は　アンコールワットの模様
ホテルの玄関口には「ジャックフルーツ」が実り
蓮の花とドラゴンフルーツ
シアヌーク一家の大きな肖像画でお迎え
一見、平和な熱帯の国だ

一九七〇年代後半のポル・ポト時代の傷跡
強制労働や虐殺で多くの国民が犠牲になった
山田かんは「詩集」の中で告発する

「解放戦線シヤヌーク殿下も
共和国元首ロン・ノルも
クメール民族なのである

小乗仏教国は二分され
分割された世界より援助される武器は
ともに死の教典なのだ」
「カービン銃を持ちよろよろ歩く
孤児の傭兵隊なのである」
「日本帝国陸軍が肌身につけ
侵略した東南アジアに
飯盒はカンボジアの少年たちに持ち歩かれている
この型は旧日本軍のものだったから
サジ一本あれば万能
それに米と副食を少々
そのために孤児たちは集められ
いま飯盒をそばにおいて腰をおろしている」
……
足を失くした戦傷楽団が

座しながら楽器をかき鳴らしていた
傍には募金箱が
ベトナム戦争でも戦禍を浴びた民人
ロン・ノル政権が
米軍のカンボジア領内の爆撃を容認
それがポル・ポト派の台頭をよんだと……

「黄色い袈裟の僧侶たち
ひきもきらず葉陰を縫って
小乗小乗と通っていく」

＊「　」は『山田かん全詩集』（コールサック社）
「カンボジアの飯盒」より

【三、アンコールトム】

むっとするような熱情を持つ風よ
透明な異国の風よ
シンビジュームや蘭の花
熱帯の色鮮やかな鳥たちが
木々の上でハタハタを振る

アンコールトムは帝国の最後の都市
天空の宮殿を想像させる別天地
ここにも昔　軍隊が侵略してきたか
紅いオウムたちは　繰り返す
侵略してきた　奴隷にされた
撃たれ　血を流した
憎しみ合い　奪い合った

薄暗い夜明け前
中央伽藍の前に集まり　日の出を待つ
一瞬の燃えるような朝焼け

城壁と彫像に囲まれた遺跡
勝利の門を渡るとバイヨン寺院
シバ神、ビシュヌ神、仏陀を奉った
あらゆる宗教の祈りの中心　王宮へと続く

四十九の塔の四面に観世音菩薩の顔
訪れる者を　モナリザの微笑でお迎え
回廊一面には銃撃の痕も残るレリーフ
ジャバルマン七世の戦いの様子や統治の様子
王朝時代の国民の日常生活が展開する

来る者は拒まぬ
世界中より　来たるべし
香りを放ちながら呼びかける

【四、アンコールワット】

亜熱帯の密林に点在する石造り遺跡
ジャングルの中の宝石
その保存修復に生涯をかけた石澤良昭さん
アジアのノーベル賞・マグサイサイ賞を受ける
アンコールと出合ったのは一九六〇年
上智大学四年に進級する春のこと

八百年前の人びとの願いや喜びを体感し
遺跡の研究を一生の仕事にと
四十人の若いカンボジア人達と学んだ

七〇年には内戦勃発
七五年にはポル・ポト派に知識層は殺された

十三年たって　遺跡を訪れたとき
「熱帯の植物が生い茂り
　どこが遺跡の入り口かわからないほどだった」
戦火が収まった九六年
人材養成研究センターを建設

カンボジア人によるカンボジアのために
共に拓こう
さあ　力を出し合おうと……

アンコール文明のダイナミックな力
その息づかい
一つひとつの遺跡の迫力と美しさ
ハスの花の帯の中に浮かぶ
アンコールワットの影ぼうし

光が差し込む　クメールの微笑
完成を願って
尖塔の真上から
真っ赤な太陽が光を放つ

【五、トンレ・サップ湖】

トンレ・サップ湖はカンボジア中央部にある
氾濫原には約十二万もの人たちが…
湖上に浮かぶ家々

埃を舞い上げ　がたがたと
荒れ放題の道を三輪駆動に揺られて
トンレ・サップ湖をめざす
雨期には湖の下にあった道路
少年が棹《さお》をさし、父親が舵を取る
木造船が待っていた
メコン川から流れてくる褐色の水
プロペラは水面ギリギリで廻り
後には巨大な水しぶきがたつ

野菜を洗い洗顔をすませ湖に流す
水上生活者の村
下痢、マラリア、デング熱、急性呼吸感染症
結核などの疾病も蔓延
病気の子は　薬も注射もなく
学校をやめさせ学費を倹約
貧困は悪循環となって住民を苦しめる
寄付できた学校群が！　子ども達が！
体育館もみえる
日本の旗も翻《ひるがえ》るが義務教育はしかれない
新しく建った近代的な大病院
日曜は健診無料の　立て札
どこまでも続く　診察を待つ行列

頭上には大きな虹が飛び立つが
太陽は雲に遮断され
淡い光を　差し込むのみ…

【六、自力で繋ぐ命】

リスのような小麦色
太陽を浴びたような福々とした笑顔
兄弟や姉妹　友だち仲良く輪をかいて跳ねる
木陰で一冊の絵図鑑を輪になって読んでいた

子どもたちも働き手
水上ボートを一本竿で巧みに操り
椰子の実で作った縦笛入れや手裏剣
腕に下げて　巧に小売りする

哀れげに手を差し伸べて
ザボンを売りにきた少年の顔が
いまも脳裏から離れない

高床式の農家では自給自足の暮らし
機械を購入する蓄えもないため
痩せた牛を女手が綱を引き畑《はた》起こす
山羊がいて豚が居て　鶏が鳴く
主婦の姿は逞しく
赤子を豊満な胸に抱きつつ
砂糖椰子を煮詰めて庭先で売る

ノムバンチョックはコメで作った麺
これに具が入ったスープをかけて食べる
カンボジアの朝ご飯の定番
川魚を使った「ソムロープロハウ」
最も伝統的な味だそうだ
文明に頼れない倹《つま》しい暮らしが

鈍色に輝く
明日を生きるために

【七、明日《あす》に光を】

プノン・パケンという丘の遺跡から
夕日を見に出かけた
麓には観光用の象
登りは三十ドル、下りは十ドル
滑台の上から象の背中に移る
♬
象さん、象さん　お鼻が長いのね　♪
悲鳴の代わりに歌が飛びでた

遺跡の背後に落ちゆく夕日
瞬間　静まり返り
薄桃色が横一直線に棚引いて
すとんと　薄闇《うすやみ》が拡《ひろ》がった

小麦色の微笑みで終始見守り役の
ガイドのサポットさん
招待してもらったお家は
健康美人の奥さんの楚々《そそ》とした店
唯一つ　二人の結婚写真が花を添えていた
プレゼントの紙風船で
少しの時間だが国際友好ができたかな
両親の愛に包まれた一人っ子の息子さん
ピースのサインで可愛く写真にパチリ

木陰でいただいたパイナップル
一ドルでその場で皮を剝《む》いてもらった
三十七度という暑さには
緑林の癒やしとホテルでの休養
ココナッツカレーなどのクメール料理

バリ　ひとときの夢（インドネシア）

【一、南国楽園】

緑したたる　香りに包まれ
海はひかり　穏やかに時は流れる
浜辺にはひるがお　波の音
髪かざる地元少女と　男の　見つめ合い
日に焼けた青年から漂う　媚薬の漂い
地上の楽園　　バリ　蓮の花
椰子林が海のようにつづき
彷徨う　広場には仏跡が

藁ぶき屋根の　南国の宿
夜は星々のまたたきの下で　眠り
朝は小鳥たちの鳴き声で目ざめる
さあ　おもいっきり　深呼吸
朝のカフェ　豊かな果実　コーヒーの香
一匹の　ヤモリの子が
ポトン　こんにちは――あいさつを済ますと
スルッと消え去った

【二、バリの夏】

夏　海、空　日の出　、日没、噴火
大昔からつたわった祖先への崇拝儀式
生い茂る緑の木々のなかに
鮮やかに映えるレンガ色の寺々

ああ　神々の国　永遠の自由　ネハン
瞑想と欲望を捨てる厳しい修行
目に映る何もかもが
きらきらと生活に根づく祈りの国
ちいさな男の子が爺やに抱かれながら
流れ出る聖水の滝で水浴を受けている
女たちは豊満で黄金色の乳房を見せながらも

恥じることなくその流れ水の木陰で
祈りつつ聖水を拝し
身の穢れを　清め落とす

私はここにもう少しいたい
この光り輝く八百万の神々がいる国に

猿はヒンズー教の優者の伝令か
日没　感謝の踊りと共に一日が終わる

松明の周りで輪陣を組んで
ホ　ホ　ホホホ　　ホ　ホ　　ホホホ
ポポポポポ　ポーポーポポ

悟りを開いたブッダの火祭り

はるかな水平線が燃えるように輝き
今まさに太陽が沈まんとする
バリ島の日々に人類のあけぼのを見た

【三、ボロブドゥール遺跡】

七彩の羽の野鳥たち　その囀り
すそ野を広げた緑の山　ムラビ山
麓に現れたボロブドゥール
地震で長く土に埋もれていた
よくもこんなに天へと石を積み上げたものだ
先端をとがらせた巨大な建造物
破壊されたまま補修も途上で横たわっている
生者必滅、会者定離《えしゃじょうり》
第一回廊を眺め　第二回廊は「欲望」
第三回廊「永遠の自由」へと　辿り着く
編み目のように小さな窓がつけられた仏塔
一つ一つに石仏が鎮座する
中央部の釣鐘状メインストゥーパーの周りを

時計回りに三回お参りして健やかな旅路を願う
隙間ない浮彫りの「ラーマヤナ」仏陀の生涯
昔は　この国には仏教王国が築かれていた
修学旅行生に会った
人懐こく　Tシャツの似合う小麦色の笑顔
女生徒も　スカーフを通した微笑み
日本にやって来たいと目を輝かす
アショーカの花が咲いていた

【四、バリ絵画とジャワ更紗】

不思議に惹きつけられるバリ絵画
木々や花　鳥　見たこともない生き物
ガジャ・ウォン川　ヒンズー教の神々
高床式住居の美術館　絡み合う蔦
ウブド芸術村・アルマ美術館
土着の生活が薫る絵画
おや、女性たちが着ているのは　ジャワ更紗《さらさ》
北原白秋の「すかんぽの咲くころ」の
♪土手のスカンポ、ジャワ更紗さ
ああ　これかあ　何と柔らかく優雅なこと
伝統的なろうけつ染めのバティック
職人が染色風呂の釜から
バシッと採り上げ　カッと天井に捧げる

バリ絵画の世界が連鎖しひろがる
村に一つはある寺院が　祭りの舞台
祭礼や儀礼　バリ伝統の服装で舞踊り
頭に金の冠を乗せ　赤・黄の更紗を着た
舞姫たちは夜のライトで　妖しく光る
ほそい身を媚びるようにくねらせ
指の曲がりはまさに蛇が鎌首を持ち上げる
夜は星々のまたたきの下　更紗を抱いて

【五、地震と亀の子】

ジャワ島は火山の島　アニミズム文化
ボロブドゥール遺跡もメラピ山の大噴火により
千年もの間火山灰の下に埋もれていた
噴火の頻繁なこの島の人達は
大きな亀の子の背中に乗っていると信じる
この亀の子が　退屈して動き出すと地震
だから　神々に　ひたすら　祈る
お供え物を前に　ひざまずき　手を合わせて
身を清めて　ひたすら祈る
地震がくると　ゴアガジャ（象の洞窟）へ
「『亀さん、ぼくはまだ生きているよ』と…
するると　亀さんも生きている人間を
そんなに苦しめても　わるいと思って

地震を止めてくれる」
おお　また　大きな地震だ
「亀さん　彼等は大らかに　生きてるよ」
千年前の空気を吸うように
地球の対岸から無事を祈りつつ
お釈迦さまに願い　呼び笛を吹く
日没　感謝の踊りと共に
きょうも命を抱く

【六、戦禍と残留日本兵】

ヒュル　ヒュルという不気味な砲弾
耳を圧するような爆発音
ああ　ここにも　戦禍の深い傷が刻まれていた
ジャワ島・スマトラ島・バリ島・カリマンタン島
兵士のいる所には軍公認の慰安所
設置された地図まで公開されている
日本軍はジャワ島を食糧供給基地とし
農民に米の拠出を義務化し売買を禁止
建設工事に農村から徴用
マラリアと飢えで亡くなった多数の住民
日本兵も悲惨な末路　海没・飢え
フィリピンでは　小野田寛郎さん
グアムで　横井庄一さん

終戦を知らずジャングルに逃げまどった
ああ　悲しや
椰子の木の下で木琴を叩くガムラン
海に浮かぶ寺院タナロット
平和をねがう管楽が響きわたる

＊参考文献
『仮装儀礼　上・下』篠田節子（新潮社・2011）
『マレーの感傷』金子光晴（中央公論新社・2017）

タージ・マハル（アーグラ）

インドへの旅（二〇〇八年）

天文台　ジャンタル・マンタル（ジャイプル）

アンベール城の庭園
（ジャイプル）

インドへの旅（二〇〇八年）

【一、私にとってのインドのイメージ】

非暴力の抵抗運動で知られるガンディー
インドの農村は　国家の体を流れる動脈であると
広い視野と想像力で謳ったタゴール
「わたしはインドの人たちを
　自分の魂の最も奥深くに感じています」と
青い三本線の白いサリーで奉仕続けたマザーテレサ
「輪廻・転生」で愛する人を探す遠藤周作の『深い河』

インド――そこで実際に見たものは
家畜と人と砂ぼこりで　ごった返す町
日干し煉瓦を雑に積み上げたような低い住居
何をするでもなく男たちが屯《たむろ》し
コウモリ傘を開いた中に品物を置いて店ひらく男
トラックには　はみ出るように乗せられた労働者たち
貧しい人々は蟻の群れのように巨大な荷物を背負い
汗み泥になりながら、大声を上げて雑踏を通り抜ける

喧噪なのか　音がない世界なのか
一瞬　時が止まったような
無声映画を観ているような錯覚
給水車からは　水が溢れだし
汲みに来た女性達の原色のサリーが
熱帯砂漠のような町の中で動きを添える

ナマステー（こんにちは、こんばんは）
ネパールで　覚えた挨拶の言葉が
放心の中でどうしても出ない
汚濁を押し流すガンジス川よ
聖なる水よ
産湯を使わせ、死者を清める水よ
お前はただ沈黙あるのみか

【二、路上生活者と田園の夕日】

彼らは路上で焚き火をしてご飯を炊き　用を足し
夜はゴザを敷いて眠る
貧しい子たちや下半身のない人のお恵みの姿には
言葉に表せない哀しみの心で溢《あふ》れる
体中埃と垢まみれの年老いた物乞い
皮膚病の菓子売り…
「バクシーシ」と手を差し伸べる盲者

とつぜん太鼓を持った少年たちが
街の交差点に飛び出してきた
巧みな太鼓さばきで　飛び跳ね
周りを走り舞う
髪まで埃まみれで　筵みたいな長い服

サーカス人か　芸人か　いえ、これも「芸型物乞い」
目鼻立ち　くっきりの顔だちなのに…
観光客の周りを取り囲み　取り巻き
踊り　跳ね　逆立ちし　打ち鳴らす

稼ぎが悪いと　鞭うたれ
手足を切り目を潰されるのだろうか
緊迫した　必至な様が　異常だ
「喜捨」する心が萎えて　たじたじとなる
ボーと立ち尽くし唇を噛み締める
マフィアよ　お前も阿修羅のごとく悔い改めよ

ニューデリーとちがった地方の夕暮れ
ガジュマルの側で農夫が水牛を引っ張る
動物と人間とが一緒に生活している風景

夕陽が村の空を黄昏に変える
土の臭いのする涼風が流れくる
現世がきついと　来世へ夢を繋ぐ
微かな希望と欲望を
「輪廻転生」思想に縋《すが》ったのであろうか

【三、ヒンドゥー教】

ヒンドゥー教を生んだのはインドである
ガネーシャという象の頭をした
愛嬌あるヒンドゥーの神様
ああ、ネパールでも写真が貼ってあったなあ
ガイドのゴウさんもヒンドゥー教徒だった

清廉潔白の暮らしだと
どこか誇ったように紹介されたが…
人口十三億人以上の民主主義国家インド
その八〇パーセントがヒンドゥー教徒
宗教色の強い政党が政権を担う

古代のインドでは人生を四つに区切っていた
学生期、家長期、林住期、遊行期
遊行期は旅で物乞いしながら解脱する期間

お妃にしても各宗教から一人ずつ娶る
政治的配慮をした王様もいたという
アクバルの第一夫人はヒンドゥー教
第二夫人はキリスト教
第三夫人はイスラーム教徒

宗教の融和を図るためという
ヒンドゥー教の廃寺院を譲りうけた
ガンディーの教えから必要以上のものを所有しなかった
カルカッタの修道女・マザー・テレサは説く
「愛の反対は憎しみではなく　無関心
銃や砲弾が世界を支配してはならない
大切なのは愛である。」

清き水をインダス河に流すヒマラヤよ
最高峰のチョモランマよ
インドは聖水を汚す核保有国になった
おまえは　尚も沈黙してよいのか
知性や慈愛の象徴
蓮の花は　鮮やかに咲き続けてくれるのに…

【四、世界遺産　タージ・マハル】

世界で一番美しい墓と言われる白亜の墓標
ガンジス川に合流するヤムナー川の岸辺
十七世紀のアーリア人が流した汗と涙の遺産

白大理石に施された象眼細工　左右対称の美しさ
「宮廷の冠」タージ・マハル
若くして亡くなった妻の為の霊廟
王の愛を独り占めした　王妃ムムターズ・マハル
王のため息は石となり
小鳥の声になって飛び交わる　逸話

が、ここは
三蔵法師玄奘が仏典を求め辿り着いたところ

シルクロードにその旅途上の見標《みしる》しがあった
言語に絶する苦労をしてブッダガヤに辿りつくが
仏塔は倒れ　菩提樹は切られ
仏の教えなど跡形もなかったという
仏教の聖地はいまや愛の殿堂となり果て
夕暮れに訪れると映画のワンシーンの様《よう》な
英国紳士と現地サリー嬢とが睦《むつ》みあっていた

小麦色の健康色　男ばかりの生徒達
ピンクのサリー姿のふくよかな女教師と共に
快く一緒に写真に納まってくれたが
女子高生は　何処《いずこ》?

明と暗、　富裕者と貧者　カースト制度と女性差別
溶けあうことはなく人間のすべてを飲み込んで

ガンジス川はきょうも黙々と流れいく

【五、マハトマ・ガンディー】

「葦」は吹く風に打ち伏し
逆境のなかで屈服したかのように見える
しかし風が去れば　頭をもたげ
微風に揺れながらも　前に進む

インド独立の父と言われるガンディーの祭壇
「ラージ・ガード」を訪れた
広島の「平和の泉」の如き無垢の墓地
白い服とハジのしるしのトルコ帽
六名の男性信奉者が粛々と祈りを捧げていた

ゆすろう　ゆすろう　夢の木を
砂塵原野のまんなかに

一本はえてる夢の木を
一九四八年一月三十日
非暴力・不服従運動でインドを独立に導いたガンディー
ヒンズー教原理主義者の凶弾に倒れる
享年七十八

暗雲の中　揉み砕かれ
棍棒が飛び交うが
独立の道を　ただ無心に無抵抗で
命の泉を掘り起こすまでは
政治への目を開かせた屈辱的な差別の体験
弁護士として南アフリカに渡った二十三歳の時
汽車の中で白人以外は貨物車に移れと脅され
抗議するとホームに放り出された
一条の光は二筋となり　三筋となり

民の胸元に虹が灯り広がりゆく
それはただ歩くだけの無言の行進
だが真の色となり　為政者に迫る
重税と無権利状態
差別撤廃の運動と真理の堅持
「サティヤーグラハ」の思想
真理が我らを自由にする
決して暴力に訴えず寛容さで
困難に耐えて目的達成に連帯組んで歩を進める
つくろう　つくろう　我らの手で
手紡ぎ車チャルカー回しつつ
集まれ　集まれ　塩の道
摑もう　摑もう　七十万の独立を
「スワデシ運動」国産の誇り

重い塩税を課す法律に反対し
海水から塩を作るため各地の海岸を訪ね
三九〇キロの道のりを歩いた「塩の行進」
映画の場面が甦る
「私の愛国心は排他的なものではありません
すべてを受け入れるものです
他を搾取し　熨《の》し上がるなら断固拒絶します」
ガンディーの言葉である

【六、ラビーンドラナート・タゴール】

雲仙のホテルでふと眼にし懐深く温め続けていた
その白い長い服を着た人が　「タゴール」その人だった
人間として政治の不条理や社会の諸問題に目を向け
声なき人々の声を代弁するヒューマニスト
日本にも五回ほど渡来し
満州事変以後の日本の軍事行動を
「日本の伝統美の感覚を自ら壊すもの」であると…

自然は美しいのに貧しさに慣れきったインドの農民
ガンディーらの独立運動を支持し
農業協同組合的な自治組織を設立
農産物の直接販売　家内工業を奨励
道路や共同池や堤防の補修なども

村人が自力で行うように説いてまわる

「インド七十万の農村は　国家の体を流れる動脈である
悲しむべきは　今日その血管の血が干上がっていることである
これを癒すために　我々はどうすればよいか？
新しい秩序を築き　農村に救済の手を差し伸べ養分を与える手段
を講じなくてよいか！」
イギリス人官吏やヒンズー教徒らの反発も招くが
屈することはなかった

知性の発達とともに豊かな感性を大事にした彼は
子供たちの学校を建てる
インディラ・ガンディー元首相もこの学園に学んだ一人
人と自然に広い視野と想像力をもったタゴール
「近代インドの精神」、「生命の詩人」といわれる

【七、城壁都市】

ハワーマハル　（シティ・パレス）
一七二六年　スィン二世が建てた月の宮殿
ラージェンドラ門は白い大理石
孔雀の模様が細かく美しい
今も王様の一族が住んでいる「チャンドラ・マハル」
なかでも感動したのが据えられている天体観測器
おお何基も！　石造りで　一、二、三、…十二基！
太陽に向けてラッパ口を大きく開けている
かつてはヨーロッパよりも　文明が栄えていたとか
ここではサリーの女学生たちが花の様に
色とりどりに　さざめいていた

ペルシャ湾クルーズ

【一、戦禍の火は消えず】

アラジンの魔法のランプを磨いていたら
いつの間にか　ペルシャ湾クルーズに乗って居た
イランの核開発疑惑を口実に緊張が高まり
米国やイスラエルによるイラン攻撃
それではホルムズ海峡を封鎖するぞ
人間は成長しない生き物か
イスラエル軍とイスラム組織ハマスの戦闘
ガザなど戦禍に巻き込まれる市民の苦しみ

だが　二〇一二年のクルーズ船内は無風状態だった
毎夜毎夜の千夜一夜
たどり着いた狭い船首のキャビンで
人恋しさに握手したら手のざらつき
このクルーズの裏舞台を支えているのは外国の労働者
微妙な暗雲のアンテナを張り乍ら
林立する七つホテルの足元で出会ったターバンさん
手振り身振りで会話しながら　ドバイ散策
アバヤを纏《まと》い　薄い黒ベールで身を包み　祈る
汝　殺すなかれ　人間が人間であり続けるために

【二、緊張ホルムズ海峡ペルシャ湾】

＊かつて尾田貢さんが船員として乗船していた船は
イラン・イラク戦争開戦時：カーダ島攻撃の最中に接岸。
スタンバイ状態となった。

尾田　貢（長崎・北松・詩誌仲間）

アラビアの原油ガスの炎めらめらと
　明け近き闇の夜空を焦がす

戦いの激しき様を伝えいて
　ファックスニュース日び新たなり

シャテル・アラブ河口アルパカを積みにゆく

河を境に戦う二国
イラン・イラク戦争避けて来し
海に二十日は過ぎぬ錨泊のまま

＊筆者が今回ドバイの港で見たのは、行き来するイランの密輸ボート。薬、パスタなど輸入食料品に加え、国産の米やたまごイランまで最短距離で約六十キロ。片道一時間半。秘かに対岸のアラブ首長国連邦やオーマンから持ち帰る。戦禍の散弾に焼け散るのは庶民の暮らし
現在のロシアや北朝鮮にも　このような抜け道があるのだろうか。

【三、　ダウ船に乗る】

オマーンの本土から切り離されて
ホルムズ海峡に突き出た
ムサンダム半島の中心地がハッサブ
海岸線がフィヨルドのように入り組んでいるところ
山が迫り　透き通った海の色はとても美しい
イルカにも出会えるかとダウ船という木造の
小さな船のクルーズに参加した
約四時間　青い空　青い海　思いきり吸い込んだ
緊張と疲れが　瞬に青い海中へと流れいく
体は厳ついが語りかけると素朴愛を見せる現地の人たち
「何処から来た?」
「ナガサキ」というと、
「アトムボンブ!」と、即　返ってきた

なぜ日本人は原爆まで落とされて、米国と仲がいいんだ？
と言いたい顔だ　宗教教育が行き届いているのだろう
八月九日の原爆は　この瞬間　握手の連鎖を生み
レコードを指さして、「トライ？」と尋ねると
頷いてアラブの曲をながしてくれた
音楽は世界の共通語　彼と共に心傾ける
海は凪いで懐大きいのに
人の心はなんと小さいことだろう
素朴な会話　礫原の中のオアシス

【四、　火の手を消して！】

蜃気楼のような街が出来つつある
日本の商社マンも遅れまいと彼の地に走る
イチかバチかだが　乗り遅れたら大変
賭けるしかないのだと…我が親族は呟いた
豊富な天然ガスや石油などの輸出による収入
映画「サンマとカタール」
フクシマにもカタールから復興基金が届けられていた
所得税　住民税なし　学校、病院　無料
だがワールドカップ会場の建設労働者は出稼ぎ
摂氏五十二度　一日十四時間労働
なけなしを仕送りし　過酷に泣いた
カタール初の国政選挙　当選者は全員男性
厳格な宗教解釈で禁じられていた女性の運転や

演劇の上演などが自由化されつつあるというが
またもや近隣に火の手があがった！
イスラエルとガザ
聖地を巡って彷徨える旅人
宗教とはなんぞや　殺戮はもういい！
「カタール　戦闘休止へ仲裁」の記事がおどる
いますぐに　停戦を！

＊参考文献
『バラカ　上・下』桐野夏生（集英社文庫　2012）
『ソルハ』帚木蓬生（あかね書房　2010）
『燃える秋』五木寛之（集英社文庫　1989）

南アフリカの旅
（二〇一〇年）

ジャカランダの大木

アフリカの街角で

縞馬の親子

南アフリカの旅（一）　（二〇一〇年）
――アパルトヘイトからの脱出――

序

ジャカランダの花
ジャカランダの木は　だれが植えたか
ただそこにあった
風が　種をこの場所に　運んできたのか
鳥の嘴から　落としたのか
水気のない　砂地に　そっと根をおろした
さいしょは　草の芽だと思っていた

それにしては　頑丈で強かった
草でいるより
もっと大きなことを考えていた

一九七六年六月十六日
十三歳の少年は撃たれ
抱え泣き叫ぶ少年の姉
アパルトヘイト（有色人種差別政策）
解放への血の泉
遠い夜明けへ歩む抑圧された人々

ジャカランダは大木となり
熱く苦しむ人々に
やわらかな葉を広げた
二十七年間牢獄に閉じ込められていた

黒人政治家ネルソン・マンデラ
新大統領就任の手には
ジャカランダの花が映えていた

初夏には　ふじ色の花が咲きこぼれ
夏には　ひらひらと地面へと落ち
あおい湖が　さざめいた

【一、喜望峰】

アフリカには瞳がある
涙は何年も前に枯れてしまった
涙のない瞳でアフリカは見つめる
大地の緑を　大空の先を

人類の未来を

＊『アフリカの瞳』帚木蓬生（講談社文庫・2007）

世界中でヘイト・クライムが多発している
何世紀ものあいだ人々が戦いつづけて
ようやく手にした自由や平等
もう机上の空論と化してしまったか
南アフリカ共和国をアパルトヘイトから解放した
ネルソン・マンデラは二度と現れないのか

富裕層が住むアパートはユーカリの木に覆われ
高い塀や電線、有刺鉄線で囲まれていた
だが目にしている
このヨハネスブルクの荒廃した街の様はどうだろう
強盗や恐喝　暴力　麻薬を売り　銃器を売る
千円程度でカラシニコフが売買されるという

名高き街が　死の抜け殻へと変貌していた

一四九七年　南アフリカの岬を発見
喜望峰と名付けられた
ポルトガル・ヨーロッパ人にとっての希望
原住民にとっては
苦難の歴史の始まりだった

ペンギンたちは見ていた
奴隷として鎖に繋がれ連れ去られるのを
ホロホロ鳥は嘆いた
財宝が持ち去られるのを
バッファローは角を怒らせた
いつまでも　奴隷として扱われることを

【二、アパルトヘイト】

旧黒人居住区ソウェト
トタン屋根の小さな家が立ち並ぶ
自宅はすきま風が入り　雨漏りがひどい
以前は日雇い仕事で生計を立ててきた
今は路上でペットボトルや新聞紙を拾って
一キロ三ランド（一ランド＝八・三円）
月の稼ぎは二百ランド

貧富の差は大きい
多くの富を持つ　十パーセントの白人
条件の良い土地や農地の多くは今も白人が所有する
黒人は二十四歳以下では失業率が五割を超え
大多数が貧困に苦しんでいる

こんな乾ききった大地に
ジャカランダの木が繁り
紫や白の鮮やかな花をつけ、風に舞い散る

黒人を差別したアパルトヘイト法
黒人は、国土のわずかの土地（ホームランド）に追いやられ
それ以外の場所には住むことが出来なかった
出歩くときはいつもパスという身分証明書を持って…（パス法）
黒人に選挙権を与えなかった

白人の植民地政策
本国の利益を第一に　現地の救済は二の次
本国に輸出させる作物だけを作らせ
企業が特権的に土地を所有した
黒人の自営農が増える余地は無く

労働者に最底辺の生活を強いた
一国一品主義
ギニアはボーキサイト、ザンビアは銅
ボツワナはダイヤモンド、ブルンジはコーヒー
ケニアのコーヒー、ガーナのカカオ
マリとスーダンの綿花

【三、歌こそ誇《ほこ》り】

土地を奪われ、自由を奪われた黒人たちに
唯一つ残っていたもの　楽天性と明るさ
〈精神〉
歌となって表す
歌こそ、彼らが人間としての威厳を回復し
団結する手段だ

「私には風雪を防ぐ屋根もなく
寒さをしのぐ毛布も口に入れるパンも奪われた／／
私の身体は骨ばかりにされ
皮膚は乾き　手足は動くことをやめた／／
しかし　私はまだ火種を失っていない
私は歌う／／私の記憶を　遠い父と母の歴史を／／

光る真昼　緑なす畑　溢れる井戸
祭りの音　蛍の花　伸びる炎／／
私は蟻となって岩塩の山を登る
私は蟻となってアンデスを越える／／
そこで私は遠い父母と語らい／風の詩句を抱いて
この父祖の地に帰ってくるのだ／／
私の闘いは続く／風にある限り　闘いは続く」

＊『アフリカの蹄』帚木蓬生（講談社文庫・1997）

スラムの住民は、郊外の新しい黒人居住地に強制移住
「立ち退きを承諾すれば
居住地で小さな一戸建てを支給する」
荒地に立ち並ぶバラック
街から百キロ近く離れ
交通機関は　日に数本のバスだけ

移住を拒むと
取り壊しのハンマーが容赦なく壁にめりこむ
去るも地獄　残るも地獄
流れ星がひとつ頭上を過《よぎ》る

【四、ソウェトの奮起】

黒人最大居住区　ソウェト
一九七六年六月一六日
アパルトヘイトに反対した黒人デモ隊
警官による射殺
撃たれた十三歳の少年を抱え泣き叫ぶ姉
資料館の前には　大きくその写真が刻まれていた
怒りで涙が止まらない

「魂よ奮いたて／魂よ奮いたて
立ち上がれ／立ち上がれ
力は我らのもの／力は我らのもの／／
我らは進む／前へ進む／恐れなんかない／／
我らは行く／前に行く／休息なんかいらない／／
我らは歩く／前へ前へ歩く／自由に向かって／／
自由が行く手に輝く／自由が手の中に返ってくる／／
我らの行く手に家と安全がある
我らの行く手に食べ物と安らぎがある
我らの行く手に輝く自由がある」

＊『アフリカの蹄』

一九四八年から一九九一年まで続いた
人種差別・人権剝奪《はくだつ》制度に敢然と挑戦し
二十七年の獄中生活を経て

アパルトヘイトを廃止させたネルソン・マンデラ
有色人種と白人の融和を訴え
一九九四年　全国民参加の選挙により大統領になった人

強制移住に命をかけて抵抗した者はいなかった
自分たちが住みたい所に住む
人間の存在が保障される社会
自由のために徹底的に闘った
たった一筋だけの光りだったのが
濃度を増し、真っ赤な太陽が現れた

【五、自由への長い道】

マンデラは獄中では孤独ではあったが
決して孤立してはいなかった
人々と連帯し希望に燃えていた
団結を呼びかけ
世界中の心ある人たちが　呼応した

国連の顧問団の三原則の勧告
一人一票の参政権
居住者に対する土地解放
平等の教育制度
あまりに当然の主張であった
人が人らしく生きる権利
当たり前のことを勝ち取るために

史上流された血と涙の量はどれほどだったろう
マンデラは
知性について、二つの定義をあげた

一つは、弱い者の身になって考えること
もう一つは政治家の言うことを鵜のみにせず
自分の頭で知り　自分の頭で考える
これが本当の知性　本当の人間だ
命あるものは生きて動いて力強い

一九九四年　アフリカ全人種による
みごとに美しい選挙の大勝利
二十七年間牢獄に閉じ込められていた
マンデラが新大統領に就任
我々は勝利した

これからは黒人も白人も一緒に国づくりをしよう
報復を断ち切り
人種が融和する虹の国をつくろう
「悲しみの大地」から「虹の国」へと！

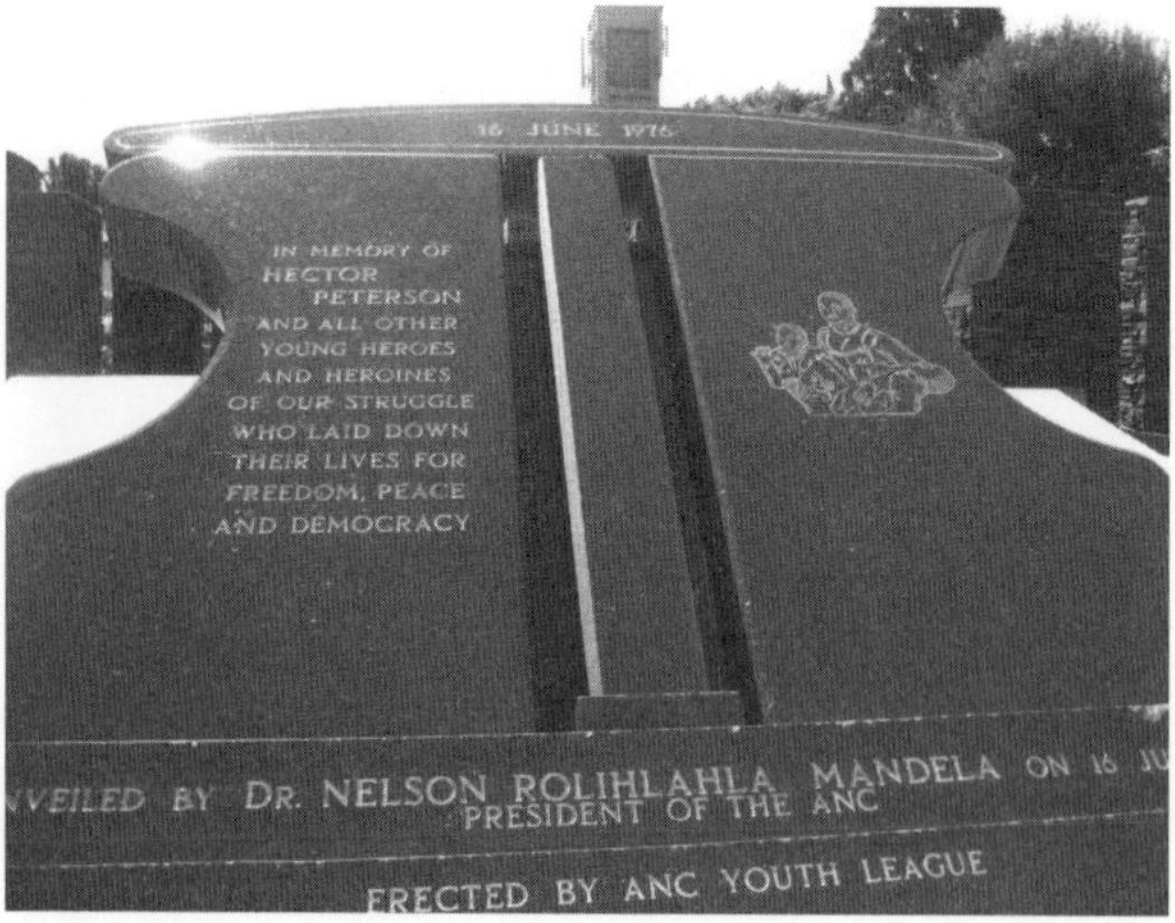

【六、虹の国へのバトン】

ひときわ紅く凛として
咲き誇っている一輪の花
ときには砂塵に震えても
独立への熱情は破れない

たとえ野獣がやってきて
ハイエナさえ徒党組もうとも
憎むことが学べるなら
愛することも学べると
「本当の平和」が来るまでは
人類の希望となるまでは
次代の芽生えがあるまでは

しっかとバトンを守ります
赤い花芯をキリリリと…
紫花に点火させ
ジャカランダの花となって　どこまでも
優しく静かに沁み散らす

いよいよ時は熟したと
セルリアンブルーの地平線
黄色からオレンジ色に染まる頃
花の色は最大限に鮮やかに
未来への希望に変えながら
最後の時の受け入れを
翼を高く響かせて　鋭い嘴　発射させ
大地に滋養を溶け込ます

未開の闇を少しずつ
さざ波のように知の光で灯しつつ
役割終えて安堵して
深い眠りにつくでしょう
ホーおじさん*のように

＊ホーチミン

MANDELA HOUSE
8115 ORLANDO WEST SOWETO
Celebrating
Nelson Mandela's return
to 8115 Orlando West on
13 February 1990

【七、願いは受け継がれ】

ニューヨークの国連本部に設置された
ネルソン・マンデラ像
この像によって
国際社会がマンデラ氏の功績を
ずっと覚えていてくれると信じよう

「マンデラに会いたい」
十八年間服役していたロベン島へ
今回の旅での船出を計画したのだが
目の前には霞んだ島が見えるのみ
政治的には平等になったが
直面する新たな艱難辛苦《かんなんしんく》のように
どーんと荒波に押し戻された

知恵と勇気、不屈の精神
愛は憎しみに比べ
より自然に人間の心にとどこう

アフリカの花々は鮮やか
紫の花びらは人々の頭上を舞い
白い花びらは枯れた大地を潤す
エイズと貧困ゆえの犯罪
明日の平穏のために後戻りはしない
ビクトリアの滝は
「命の水を飲んで命に目を覚ませ」と
飛沫《しぶき》を噴き上げ、ザンベジ川には
赤く、太く、逞しく　朝日が輝く
二〇一三年　マンデラ享年九十五

南アフリカの旅（二）（二〇一〇年）

——出会った生き物たち——

（1）お宿捜しのペンギン

よちよち歩くペンギンさん
首を振りふり　ぺんぎんさん
あなたのおうちは　何処でしょう
白黒もようの水中服
本当は　青く広い　海原で
静かに暮らしたい　ペンギンさん
子どもを連れて　よちよちと

恥ずかしがり屋のペンギンさん
沢山のお客に喜ばれ
食傷気味のペンギンさん
美味しい鰯も　手に入《い》らず
途方に暮れるペンギンさん
あなたのきょうだい　どこ散った
世界に播かれた　貴方の種族
長崎ペンギン水族館には
ケープペンギン　三十九羽
日本の蒸し暑さは叶《かな》わない
ふるさと　南アフリカ　ケープタウン
戻りたい　戻らない　ペンギンさん
あなたの仲間は乱獲されて
そのうえ　事故船からの重油浴び
二十年で七割の減なんて

故郷にも戻れずペンギンさん
世界中の水族館に囲われる
ふるさと求めて　花いちもーんめ

（2）見つめる　きりん

きりんさん　きりんさん
お母さんのお乳は　大きいね
いっぱい飲んで　大きくなあれ

きりんさん　きりんさん
広い　サバンナで　何　見ている
潤んだお目目は　大きいね

きりんさん　きりんさん
お前のお首は　長《な》ーがいね
滑り台を登らないと　届かない

きりんさん　きりんさん
しましま模様のお洋服
お母さんとお揃いで　どこ　お出かけ
角《つの》さん、角さん、
いつ　お耳の後ろから出て来るの
篝火《かがりび》もって　でてくるの

きりんさん　きりんさん
貴方のお足は　長《なあ》がいね
ポッカ、ポッカ、ポッカ、ポッカ
相手構わずボクシング

ポッカ、ポッカ、ポッカ、ポッカ
意地悪っ子も　泣き出した

走れ　走れ　どこまでも
夢を追いかけ　宇宙の果てまで
二人三脚で　駆け廻れ

（3）ファミリーを守る象

アフリカのザンベジ川の夕日
辺りを真っ赤に染める 大きな太陽
のっそりと一頭の象がやってきたではないか
毎日数十キロ歩くという
動物園に居る筈の動物たちが
自然の暮らしの中でゆったりと共存している

「あそこに群れがいる」――
ゾウの頭《かしら》が家族路頭をしたがえて
ザンベジ川を渡ろうとしている！
乾期になると決まった場所を渡るのだという
鰐もカバも沼地で口を開けて 知らぬが仏

娘象は 行儀よく整列し尻尾をふりふる
いたずら坊やの象君達は
ダダダーと　駆け廻っては母象を困らせている
お頭《かしら》象は
理路線然と揃うまで威嚇と威厳で
微動だにしない
警戒のアンテナを張りつつ
じっとザンベジ川の手前で待ち続ける

ザーボーナー（こんにちは）ウオーウオー
人間世界が無くした固い家族愛、団結心が
目の前で展開されてる

密漁の象牙市場など　とんでもない
二〇一八年の前半　二〇頭の象が殺された
取引は一九九〇年以降禁止されているのに…

絶滅の危機に瀕しているアフリカゾウに
涙を流させてはいけない

（4）ライオンの親子

ライオンの赤ちゃん　かわいいね
ねこと　しんせきだったのかな
丸まって　すやすやおやすみだ
母ライオンの背中に抱き着いて
寝ている子ライオンもいるよ
喉をなでなでてすると
気持ちよさそうに
私の膝枕へ身を寄せた

ライオンの夫婦だね
りっぱなたてがみの雄ライオンと
子ライオンの頭を牙でごしごし

茶色いライオン　真っ白いライオン
地面をけって獲物を獲りに行くんだよ
前足を使って　引き上げて　ジャンプ
鋭い牙と爪で肉を食いちぎるさま
やはり猛獣の王様だ
食べ残った肉は
藁を被せて
誰も寄り付けないんだよ
警戒心丸出し
こちらも　こわごわ
サバンナを走る車の中へ
逃げ込んで眺めたね

わおーりっぱなライオン　オオオーン
わあーりっぱなたてがみ　オオオーン

解説

世界の「我慢強く」働く人びとを讃美する詩人
永山絹枝詩集『世界のどこかで（上）長崎・広島、シルクロード、アジア、アフリカ編』に寄せて

鈴木比佐雄

1

永山絹枝詩集『世界のどこかで（上）長崎・広島、シルクロード、アジア、アフリカ編』は、序詩「ただひたすらに」から始まる。一連目出だしは「人は　やすらぎの地を求めて／旅をつづける」から始まり、最終連の「人々の周りには　花咲き香る／こんな世界が　戦禍のない世界が／我らの　もとに」で終わる。永山氏の求める「やすらぎの地」とは何なのだろうか。その究極の解答を永山氏は「花咲き香る、戦禍のない世界」だと深い憧れを懐いて物語っている。

長崎県諫早市の永山絹枝氏は、初めて「コールサック」（石炭袋）82号（二〇一五年六月一日刊）に詩「母」を寄稿してくれた。その一連目、二連目は次のように記されていた。

《私の母はもんぺ姿のよく似合う働き者でした／脳梗塞で倒れる前は床に伏した姿を殆ど見たことがなく／冬になっても炬燵に入らず　電気もつけず我慢していました／我慢強く　い

つも優しい母でした／／母の日に「いつが一番幸せだった?」と尋ねると／結婚する前　男の人と並んで歩ける時代でもなく／映画館など楽しみの場所もあまりなかったけど…》

長崎県大村に暮らした働き者の母を振り返る冒頭の七行を読みかえすと、永山氏が母に対して深い畏敬と愛情を懐いていたことが伝わってくる。と同時に母の言葉から「結婚後」に数多くの苦労が続き、何か「母の悲しみ」が暗示されて心に刻まれているようにも感じられた。また「我慢強く」ひたむきな姿勢は、永山氏の生き方に遺伝しているように思われた。永山氏は次号の83号から評論「魂の教育者・詩人 近藤益雄を読む　その一」の連載を始めた。この連載は101号（二〇二〇年三月）まで二十章が連載され、『魂の教育者 詩人近藤益雄——綴方教育と障がい児教育の理想と実践』（二〇二〇年五月刊行）となり、障がい児教育の現場の方々や詩人たちから高い評価を受けた。また「第49回壺井繁治賞」をすることにもなった。この近藤益雄論について私は解説文で次のように永山氏と近藤益雄との「共通するもの」を指摘している。

《今回、永山氏は先輩教師であった益雄の五十七歳の全存在を、書き残されていた詩や散文や周囲の人びとの証言によって、浮き彫りにしてくれた。永山氏は教員で詩人であり、益雄が優れた詩人・俳人・歌人であり、その作品が子どもたちへの深い愛情によって紡ぎ出されていることを膨大な作品に込められた感受性から解き明かしてくれた。そして益雄が目の前に現れて動き出すように、その内面の格闘を想像させながら伝えてくれている。永山氏が益雄に「共通するもの」を発見したことを語っている「一、長崎綴方教育の創始者」の【新任教師としての出発】の冒頭を引用してみる。／

またもおこがましいことを言うようだが、益雄と筆者は共通するものが多々ある。私も長崎大学時代に生活綴方サークルに所属しセツルメント活動に似た社会活動を行った。卒業時には、サークル活動の仲間たち・特に自治会活動者は県内での就職を拒まれ、京都等に職場を見つけざるを得なかった。私には五島福江島の三級僻地・樺島が赴任先として提示されたが、先輩達の教育実践を学んで教壇に立つ日を夢見ていたので、子供が居る所なら何処へでも赴任する覚悟はできていた。》

（解説文『近藤益雄の「慈しみ溢れる詩」を語り継ぐ人』より）

新任の若き教師でありながらも永山氏のこの「子供が居る所なら何処へでも赴任する覚悟」

という言葉の中に揺るぎのない天職を得た純粋な使命感を感じ取り私は驚かされた。自分を必要としてくれる子供たちの中へ飛び込んでいく覚悟が近藤益雄論を執筆した原動力だったに違いない。
休むことなく永山氏は102号からは、「近藤益雄を取り巻く詩人たち　児童詩教育者　詩人江口季好」の連載を開始する。そして111号（二〇二二年六月）まで十章十回を連載して、『児童詩教育者　詩人　江口季好――近藤益雄の障がい児教育を継承し感動の教育を実践』を二〇二二年十一月に刊行した。私は解説文の中で永山氏の江口季好論の動機を次のように論じた。

《それから二年をかけて近藤益雄の後継者と言われている江口季好について執筆を続けて、今回『児童詩教育者　詩人　江口季好　――近藤益雄の障がい児教育を継承し感動の教育を実践』として刊行された。永山氏が二冊の研究書に「詩人　近藤益雄」と「詩人　江口季好」というように、二人の障がい児教育と児童詩教育の専門家に対して「詩人」と付けたのは、障がい児の内面から生まれてくる純粋で切実な言葉が詩として存在しているのであり、彼らのようにその子供たちの純粋な詩的精神や詩的言語を多くの人びとに伝えることが、真の詩人の役目だと確信しているからだろう。いわゆる優れた詩集を刊行し賞を受賞した者が世間では詩人だと思われている。しかし永山氏は障がい児や子供たちの心から発した言葉に詩を発見しうる者こそが本当の詩人であり、そんな詩人を感動させる子供こそが実は本当の詩人であり、本当は誰もが詩人を心の奥底に秘めている存在であると考えているに違いない。その意味で生活綴方教育から障がい児教育、そして児童詩教育へとつながれてきた歴史的意義を明らかにするために永山氏は筆を執ったのだろう。》

（解説文『「子どもたちのしあわせな未来への小さな音」を刻む人たち』より）

永山氏の中で「本当の詩人」とは、近藤益雄や江口季好のような児童詩を自らも書き、子供たちの中に存在する詩的精神を促す存在者であり、その存在者を驚かす子供こそが「本当の詩人」なのだという透徹した揺るぎない認識なのだろう。永山氏の既刊詩集の二冊『讃えよ歌え』、『子ども讃歌』は、児童詩教育の実践の中からまとめ上げられたものであり、今回の詩集もまた、世界の子供たちとの出逢いが大きな目的の一つであったように思われる。

永山氏は近藤益雄論を執筆しながら、92号より連作詩「ベトナム旅情（二〇〇四年に旅して）」から海外旅行の各国の連作詩の連載を開始した。そして今回は、二〇二四年三月刊行の117号の連作詩「ペルシャ湾クルーズ」までの二十五回連載した約一八〇篇の中から七十篇を選び、詩集『世界のどこかで（上）長崎・広島、シルクロード、アジア、アフリカ編』として刊行した。残りの詩篇は『詩集『世界のどこかで（下）欧州・豪州研修、中国、ロシア、ハワイ、南米篇』（仮）として、まだ書き上げていない国々の詩篇が出来れば刊行される見込みだ。

2

本詩集『世界のどこかで（上）長崎・広島、シルクロード、アジア、アフリカ編』は序詩と三章に分かれて、合計七十篇が本文二〇八頁に収録されている。さらに各章の前とⅢ章の中に合わせてカラー十六頁が挿入されて、訪れた国々の風景や人びとの写真が掲載されている。

Ⅰ章「世界のどこかで」五篇の初めの詩「世界のどこかで（その一）」は、詩集のタイトルにもなった詩篇だ。冒頭の二行「平和への地下水を辿っていくとその一脈は／合衆国のホワイトハウスに辿り着く」の初めの言葉「平和への地下水」のしなやかに流れる響きに引き込まれていく。世界への旅は、永山氏にとって「平和への地下水」を辿っていく旅なのだろう。「ホワイトハウス」の前には「ノーモアヒロシマ！　ノーモアナガサキ」の痕跡などは感じられなかったが、しかし次の四連目と五連目で国境を越えた平和の志を見出したのだろう。

《失望した私の前に／一人の移民女性の姿が飛び込んだ／ホワイトハウスの前の原爆パネル展／／ピシオットさんはスペイン出身／風雪を乗り越え三十三年間も訴え続けたと言う／「このビラを手にとって下さい／核兵器のことはあまり知られていないんです／あなた次第なんです」》

私もかつて新聞で読んだことがあるスペイン出身のピシオットさんが「原爆パネル」を掲げて「三十三年間も訴え続けた」という言葉に、「ノーモアヒロシマ！　ノーモアナガサキ」の平和の理念が生き続けていることを感じ取って、永山氏は決して無力ではないと報告している。永山氏の眼差しは、たった一人でも信ずることを行う人との連帯や共感を率直に語ろうとするところに向けられているのだろう。最終連は「いま被爆者たちが語り部として渡米し／平和のマリア像も海を渡った／その直向きな正義を讃えたい」と締めくくっている。「被爆者たちの語り部」こそは「平和への地下水」の存在そのものであり、「水ヲ下サイ」（原民喜）のような被爆者と同時に、その想いを受け止めて行動するピシオットさんのような平和主義者たちを讃えているのだろう。

二篇目の詩「何処からも逃げられない　（その二）」では「リンカーン記念館があり　そして戦没者墓地があった／世界のどこを歩いても　日本の加害の跡に出くわし」たという。その数多くの「戦争記念館」は「マラッカの戦争記念館」、「クアラルンプールの闘魂の碑」、オーストラリアの『「建国以来他の国から攻められたのは／唯一　日本からだけ」と刻まれた平和の礎』、新潟直江津の「平和記念公園」、さらに韓国釜山、中国瀋陽、ウラジオストック・ハバロフスクなどを訪ねて、例えば「マラッカの戦争記念館」では「恐怖と恥ずかしさで　吐き気が込みあげ／居たたまれずに飛び出すと眩暈に襲われた」と永山氏はその時の反応を記している。そして最後の連で「世界中に数限りなく存在する／負の遺産／私達は　どう立ち向かい／次へとバトンすれば　いいのだろうか」と誠実に自問し、その問い掛けを読む者たちにも歴史の事実を継承していく課題を突き付けている。

三篇目の詩「ひろしまの火に託し（その三）」では、広島の平和公園に三回訪れた際に感じ取ったことを刻んでいる。一度目は「戦禍がある限り燃え続けるという火」である「平和の火」を、二度目は「佐々木貞子さんの遺志を受け継ぐ」という『原爆の子の像』、三度目は『「原爆ドーム」の傷跡を　棒立ちになって見つめる／中南米も含む　外国の人の　揺るがぬ輪／放射される　非戦の眼差しと誓い』と、核兵器廃絶を考える海外の人びとの広島に寄せる思いを記している。

四篇目の詩『「昭和十九年秋」の点と線――大村と有明海をつなぐ――（その四）と五篇目

の詩「無窮洞――旧宮村国民学校地下教室――（その五）」は、永山氏の出生地の大村市で敗戦の年に引き起こされた子供たちを巻き込んだ辛い記憶を刻んでいる。

3

Ⅱ章「隠れキリシタン」八篇の初めの詩「扉」では、「一八六五年の浦上四番崩れ」の潜伏キリシタンである「三千四百の村民全員が　遠く／津和野　萩　福山等に流される」受難から始まり、一八七三年に残されたものたちが帰郷し浄財で浦上天主堂を建てた。「しかし一九四五年に原爆が投下され／浦上では八五〇〇人以上の信者が犠牲となる」と最大の悲劇を伝えている。永山氏は教師時代に子供たちを教えた縁のある土地・海岸線であるゆえに、「【その一】平戸の教会群」、「【その二】田平天主堂」、「【その三】殉教と隠れキリシタン」、「【その四】黒島天主堂」、「【その五】流刑地・津和野」、「【その六】郡崩れ」、「【その七】平戸島に恋う」の七篇で、命を賭して信仰の自由を守り抜いた気高い故郷の人びとの生きた足跡を叙事詩として後世に残したいと願ったのだろう。

Ⅲ章「シルクロード・アジア・アフリカへ」は十の旅に分かれている。

「シルクロードの旅」の中にはさらに六つの旅が記されている。【一、絹の道を辿る】、【二、兵馬俑と聖水祭壇】、【三、ロバの幌馬車をひく】、【四、火焔山とベゼクリク千仏洞】、【五、葡萄農家トルファン】、「【六、高昌古城】神谷毅」の詩などが収録されている。「千円！　せんえん！」と「陽気に話しかけてくるタクラマカン砂漠の少年」の客引きに乗ってしまう視線が温かい。

「ベトナム旅情（二〇〇四年）」では、「シン・チャオ　カム・オン／こんにちは　ありがとう」の挨拶語を身体に響かせていると、永山氏はいつのまにか「天秤棒を担いだ女の後ろ姿を見るだけで／ずっとここに居たような錯覚にとらわれる」のだ。

「トルコの風に吹かれて（二〇〇五年）」では、トルコの少年少女と出会い、日本の教師だというと「トルキーが好き、ラブか。／いつかは日本に行きたい」と目を輝かす。

「ネパールの微笑（二〇〇六年）」では、「太陽と共に目覚め　ロバの糞を干す／共同ポンプ場に水汲みに行く女の子／皿山の焼き物を辺り一面に広げ　無心に働く男の子」の「命燃える瞳」に見入ってしまう。

「カンボジアの旅（二〇〇七年）」では、「亜熱帯の密林に点在する石造り遺跡／ジャングルの中の宝石／その保存修復に生涯をかけた石澤良昭さん」の「カンボジア人によるカンボジアのために／共に拓こう」という実践活動を紹介する。

「バリ　ひとときの夢（インドネシア）」では、子供や老人だけでなく「女たちは豊満で黄金色の乳房を見せながらも／恥じることなくその流れ水の木陰で／祈りつつ聖水を拝し／身の穢れを　清め落とす」のを神々しく永山氏は眺めている。

「インドへの旅（二〇〇八年）」では、「とつぜん太鼓を持った少年たちが／街の交差点に飛び出してきた／巧みな太鼓さばきで　飛び跳ね／周りを走り舞う／髪まで埃まみれで　筵みたいな長い服／サーカス人か　芸人か　いえ、これも「芸型物乞い」／略／「喜捨」する心が萎えて　たじたじとなる／ボーと立ち尽くし唇を噛み締める／マフィアよ　お前も阿修羅のごとく悔い改めよ」と少年たちを食い物にする大人たちへの怒りに震えている。しかし「ガンジス川はきょうも黙々と流れいく」のだ。

「ペルシャ湾クルーズ」では、『イスラエルとガザ／聖地を巡って彷徨える旅人／宗教とはなんぞや　殺戮はもういい！　／「カタール　戦闘休止へ仲裁」の記事がおどる／いますぐに停戦を！』と今日においても無垢の子供たちが空爆や地上戦で死んでいく殺戮を止めさせる知恵を模索する。

「南アフリカの旅（一）（二〇一〇年）——アパルトヘイトからの脱出——」では、『「マンデラに会いたい」／十八年間服役していたロベン島へ／今回の旅での船出を計画したのだが／目の前には霞んだ島が見えるのみ／政治的には平等になったが／直面する新たな艱難辛苦のように／どーんと荒波に押し戻された／／知恵と勇気、不屈の精神／愛は憎しみに比べ／より自然に人間の心にとどこう』と、永山氏はマンデラと今も深い対話を続けているのだろう。

「南アフリカの旅（二）（二〇一〇年）――出会った生き物たち――」では、『ザーボーナー（こんにちは）ウオーウオー／人間世界が無くした固い家族愛、団結心が／目の前で展開されている／／密漁の象牙市場など　とんでもない／二〇一八年の前半　二〇頭の象が殺された／取引は一九九〇年以降禁止されているのに…／／絶滅の危機に瀕しているアフリカゾウに／涙を流させてはいけない』と、アフリカのザンベジ川の近くで出会った、象のファミリーがこれからも自然と共存して生きていくことを願い、詩集を締め括るのだ。

永山絹枝氏の詩集『世界のどこかで』を通読すると、世界の普段着の人びととの交流を記し、異国の人びとの素顔や姿を通して何か言い知れぬ人類愛が、私たちの心の奥底に存在しているのだと、気付かせてくれる。きっと世界の「我慢強く」働く人びとがそれに気付いていてくれて読み継がれていくだろう。

あとがきに代えて

ねがい

大空に平和の鳥を飛ばしたい
風船に手紙をつけて飛ばしたように
　ほとばしる滝の如くに

青い空へ　青い空へと　…
曇り空であっても　雨の日でも
坂道になっても、石ころ道でも

戦禍の狭間に咲くたんぽぽのように
千羽鶴でつなぎたい
舞い上がる凧のように飄々と
惹きつ弾かれつしながらも
平和の歌を奏でたい
響いてくる　こだまする
世界の人々から

二〇二四年三月

永山　絹枝

永山絹枝（ながやま　きぬえ）略歴

1944 年　長崎県大村市に生まれる。
1963 年　長崎大学学芸学部に入学。生活綴方のサークルに所属し機関誌の編集にかかわったり、現場教師と触れ合ったり、多くの実践集を読破したりして、教師の夢を育てる。
1967 年　長崎大学教育学部を卒業後、五島の本窯小学校を皮切りに、諫早の真城小学校を退職するまでの 34 年間、生活綴方教育に情熱を燃やす。
2002 年　ウエスレヤン大学に編入し福祉を学び、精神保健福祉士の免許を取得する。
2006 年　長崎大学大学院教育学部研究科修士課程卒業。
2009 年　第 58 回作文教育研究大会・長崎大会を成功させる。

「教育はロマン」を信条にした豊かな実践は全国的に高く評価され、多くの教師や保護者に感動を与えてきた。情熱を傾注して作られた文集は、全日本文詩集コンクールで「総合優秀賞」をはじめ、「指導文集賞」などの賞を数多く受賞している。今も、マイノリティ・平和・ことばを切口にして共生の実現のために行動し続けている。

【所属】　日本作文の会、長崎県作文の会、文芸誌「コールサック（石炭袋）」、詩人会議。

【著書】　詩集『讃えよ歌え』、『子ども讃歌』。論集『だれでもできる平和教育　感動と表現の指導』（第 54 回全日本文詩集コンクール・特別奨励賞）、『感動とその表現としての詩教育』、『ながさきの子ども等（授業にすぐ使える作文集全 3 巻）』、『魂の教育者 詩人近藤益雄――綴方教育と障がい児教育の理想と実践』（第 49 回壺井繁治賞）、『児童詩教育者 詩人 江口季好 ―― 近藤益雄の障がい児教育を継承し感動の教育を実践』

現住所　〒 854-0075　長崎県諫早市馬渡町 6-4

石炭袋

詩集　世界のどこかで（上）
長崎・広島、シルクロード、アジア、アフリカ編

2024年4月23日初版発行
著　者　　　永山絹枝
編集・発行者　鈴木比佐雄
発行所　株式会社 コールサック社
〒173-0004　東京都板橋区板橋 2-63-4-209
電話 03-5944-3258　FAX 03-5944-3238
suzuki@coal-sack.com　http://www.coal-sack.com
郵便振替　00180-4-741802
印刷管理　（株）コールサック社　制作部

装幀　松本菜央

落丁本・乱丁本はお取り替えいたします。
ISBN978-4-86435-605-3　C0092　￥2000E